徳間文庫

お髷番承り候二

奸闘の緒

上田秀人

徳間書店

目次

第一章　寵臣の常　5
第二章　泰平の裏　68
第三章　兄弟の壁　130
第四章　刺客哀歌　191
第五章　血の相克　253

主な登場人物

深室賢治郎《みむろけんじろう》　お小納戸月代御髪係、通称・お髷番。風心流小太刀の使い手。かつては三代将軍家光の嫡男竹千代（家綱の幼名）のお花畑番。

徳川家綱《とくがわいえつな》　徳川幕府第四代将軍。賢治郎に絶対的信頼を寄せ、お髷番に抜擢。

松平主馬《まつだいらしゅま》　大身旗本松平家当主。賢治郎の腹違いの兄。

深室作右衛門《みむろさくえもん》　深室家当主。留守居番。賢治郎の義父。

刀禰《とね》　作右衛門の妻。賢治郎の義母。

三弥《みや》　深室家の一人娘。

巌海和尚《がんかいおしょう》　善養寺の和尚。賢治郎の剣術の師でもある。

順性院《じゅんしょういん》　家光の三男・綱重の生母。落飾したが依然、大奥に影響力を持つ。

山本兵庫《やまもとひょうご》　順性院の用人。

桂昌院《けいしょういん》　家光の四男・綱吉の生母。順性院と同様、大奥に影響力を持つ。

牧野成貞《まきのなりさだ》　綱吉の側役。

堀田備中守正俊《ほったびっちゅうのかみまさとし》　奏者番。上野国安中藩二万石の大名。

松平伊豆守信綱《まつだいらいずのかみのぶつな》　老中次席。かつて家光の寵臣として仕えた。

阿部豊後守忠秋《あべぶんごのかみただあき》　老中。松平伊豆守同様、家光の寵臣として仕えた。

第一章　寵臣の常

一

　非番の朝、目覚めてすぐ、深室賢治郎《みむろけんじろう》は、屋敷の庭にある井戸へと向かう。

「…………」

　無言でつるべを操り、清冽《せいれつ》な水を汲《く》みあげた賢治郎は、懐《ふところ》から白絹の包みを取り出して開いた。

　なかから出てきたのは、剃刀《かみそり》と鋏《はさみ》であった。

　やはり用意していた砥石《といし》に水をかけると、賢治郎はゆっくりと剃刀を研ぎ始めた。

　お小納戸月代御髪係《こなんどさかやきおぐし》である賢治郎の任は、四代将軍家綱《いえつな》の月代を剃《そ》り、元結《もとゆ》いを整えることである。その道具である剃刀と鋏は、なによりたいせつなものであり、確実に手入れしておかなければならなかった。

よく切れる剃刀というのは、危険なように思えるが、力を入れることなく剃ることができ、あたりも優しい。

お花畑番として、六歳から仕えていた賢治郎にとって、家綱は特別な相手であった。たっぷりときをかけて道具の手入れを終えた賢治郎は、与えられている自室へ戻り、新たな白絹を取り出すと剃刀と鋏を包んだうえで、桐箱へと納めた。

桐箱に紫の紐《ひも》をかけ、万一にも開くことのないよう縛って懐へ仕舞ってから、賢治郎は脇差《わきざし》を手にふたたび井戸脇《わき》へと戻った。

家綱の身体《からだ》に直接触れるものを、放置することは許されなかった。使う前に点検するとはいえ、刃先に毒でも塗られれば、大事となる。任に着いてから、賢治郎は剃刀と鋏をたえず身につけていた。

「はっ」

井戸端へ戻った賢治郎は足を肩幅に開き、まず気合いを口から発し、己の集中を高めた。

「……りゃあ」

右手で柄《つか》を摑《つか》むなり、賢治郎は腰をひねり、脇差を抜き放った。

「せいっ。やあ」

薙《な》ぐようにした一撃を右肩の上で止め、そのまま左下へと斬《き》り落とす。切っ先が地を向いた瞬間、賢治郎は大きく腰を沈め、脇差を水平に払った。

賢治郎が修めたのは、京古流の一つ風心流小太刀《こだち》であった。

深室の入り婿《むこ》である賢治郎は、もと旗本寄合席《はたもとよりあいせき》三千石松平多門《まつだいらたもん》の三男であった。徳川《とくがわ》と祖を共にする名門旗本の息子は生まれたときから、政《まつりごと》と無関係ではいられなかった。

賢治郎も幼なくして将軍世子に仕えた。

かつて竹千代《たけちよ》として西の丸にいた家綱のもとへあがった賢治郎に、父松平多門は、小太刀を学ばせた。

「神君家康《いえやす》公によってこの日《ひ》の本《もと》から戦《いくさ》は消えた。武士が槍《やり》や太刀を振るう時代は終わったのだ。だが、武は入り用なのだ。よいか、これからの旗本は将軍家の盾。敵を倒すのではなく、将軍の御身《おんみ》を護《まも》り奉《たてまつ》るのが任。将軍家はあまりお出歩きにならぬ。当然城中で過ごされることが多い。なれば、室内での戦いを考えねばならぬ。長い太刀では、鴨居《かもい》や柱に引っかかってしまう。なにより、背にかばった将軍家のお体に刃先が触れるようなこととなっては、本末転倒である」

多門に命じられて、賢治郎は、風心流の小太刀を身につけた。

戦国の前、平安のころから京の奥鞍馬《くらま》に伝わるという古流は、今の剣術流派と趣《おもむき》を異《こと》にする。隆盛を極める剣術流派のように、折り紙、目録、免許、皆伝《かいでん》といった区別がほとんどないのだ。

「初手《しょて》は伝えた。あとは自らで鍛錬をせい」

賢治郎に風心流を教えた厳路坊《げんじぼう》は、そう言って江戸を去った。それ以降、賢治郎はほとんど独学で技を磨いてきた。

風心流の型《かた》は少ない。縦二段、左右袈裟《けさ》懸《が》け四段、水平三段の九種である。それを賢治郎は組み合わせ、高さを変えて遣《つか》った。

しかし、ようやく身につけた技も一度無駄になった。

父多門の死後、跡を継いだ兄主馬《しゅま》と折り合いの悪かった賢治郎は、松平家当主の命《めい》で御前を下がり、そののちはるか格下の深室家へ婿養子に出された。

賢治郎は家綱の盾から外された。

その賢治郎を家綱が小納戸月代御髪係として呼び返した。

江戸城内で、いや、この国のなかで唯一、将軍の身体に刃物をあてることが許されるのが、小納戸月代御髪係である。禄高《ろくだか》は六百石と少ないが、将軍の絶対の信頼を与えられた、まさに寵臣《ちょうしん》中の寵臣であった。

任について、わずかな日数しか経《た》っていないが、賢治郎の身辺は激変した。将軍家の命をいつでも自在に断つことのできるお髷番という役目を欲しがる者たちから、何度も狙《ねら》われたのだ。

最初は役目を退けとの脅しであった。

それが、刺客に変わった。

幕府のなかでもっとも賢治郎の敵となったのが、大奥だった。男として将軍を迎え入れ、新しい将軍を産み、そして育てていく女だけの城《やかた》であった。

家綱の弟、甲府《こうふ》藩主徳川綱重《つなしげ》の母順性院《じゅんしょういん》が、直接賢治郎の前に現れた。与《くみ》せよとの誘いを拒絶した賢治郎を、順性院は執拗《しつよう》に狙った。

襲われた賢治郎は、人を斬り、その重さにつぶれかかったが、なんとか立ち直った。しかし、戦いは始まったばかりである。賢治郎は、己の技をさび付かせないよう、稽《けい》古《こ》を重ねていた。

「ご精がでられますこと」

一通り型を遣うのを待っていたかのように、賢治郎へ声がかけられた。

「これは、三弥《みや》どの」

あわてて賢治郎は、脇差を鞘《さや》へ納めた。

現れたのは、深室家の一人娘、三弥であった。賢治郎は、松平家から三弥の婿として深室家へ入っていた。

「本日は、お非番でございまするな」

いまだ乙女の印さえ見ない幼い三弥であるが、賢治郎へは尊大な態度で接していた。

「さようでございまする」

対して賢治郎は、三弥へ一歩引いた対応をしてきた。

「ならば、ちょうどよい」

ほっとした表情を三弥が見せた。

「なにか」

賢治郎は訊《き》いた。

「少し買いたいものがありますゆえ、朝餉《あさげ》の後《のち》、供を」

それだけ言うと、返答も待たず、三弥が急いで母屋《おもや》へと帰っていった。

「…………」

今まで三弥からなにかを頼まれたことのなかった賢治郎は首をかしげた。

「ご出立《しゅったつ》うう」

先触《さきぶ》れの中間《ちゅうげん》が、大きく開かれた大門から外へ向かって声を張りあげた。

深室家の当主作右衛門《さくえもん》は、六百石としては破格の留守居番《るすいばん》を務めていた。

役付の旗本は、明け五つ（午前八時ごろ）までに登城《とじょう》し、決められた職場で待機していなければならない。住んでいる場所が、江戸城から離れている、近いで多少の差はあるが、皆、六つ（午前六時ごろ）から六つ半（午前七時ごろ）には、屋敷を出て行く。

「行って参るぞ」

「お気をつけて」

作右衛門の言葉に、家中《かちゅう》を代表して妻刀禰《とね》が返した。

留守居番は、寛永《かんえい》十九年（一六四二）に新設された役目である。将軍が江戸を離れるとき、留守を預かる留守居の配下として、城の要所を警衛した。千石ていどの旗本が任命され、槍を立て、騎乗が許される身分であり、作右衛門は、堂々と胸を張って、屋敷を後にした。

「大門を閉めなさい」

「はい」

刀禰の指示で、中間が大門を閉じた。当主が出かけた後は、刀禰が深室家を差配していた。

「賢治郎どの」

朝の儀式を終えて、それぞれの役目へと散っていく家中を気にせず、三弥が呼び止めた。

「すぐに出かけまするので、ご支度を」

「承知」

首肯《しゅこう》して賢治郎は、自室へ戻った。

非番での外出とはいえ、旗本は裃《かみしも》袴《はかま》を着用しなければならなかった。着流し姿で町をうろつくことは、無役の者にだけ目こぼしされているだけで、役付は禁止されていた。それこそ、目付《めつけ》や徒《かち》目付などに見つかれば、よくて登城停止、下手すればお役ご免となった。

「…………」

用意を調《ととの》えた賢治郎が、玄関へ出たとき、まだ三弥どころか、女中の姿さえなかった。

「若、お出かけでございまするか」

玄関土間を竹箒《たけぼうき》で整えていた中間の清太《せいた》が、賢治郎に気づいた。

清太は、賢治郎にとつけられた中間であり、当番の日は、江戸城まで供として従ってくれる。深室家で賢治郎が親しく口をきける数少ない相手であった。

「姫さまのお供だ」

賢治郎が苦笑した。

「さようでございましたか。それはよろしゅうございました」

にこやかに清太が笑った。

「よいのか」

わからないと賢治郎は、首を振った。

「はい。ご夫婦でいらっしゃいますので、一緒にお出かけなさるのは当然だと」

清太が述べた。

「夫婦か……」

賢治郎は、頰《ほお》をゆがめた。

婿入りしたとはいえ、賢治郎と三弥はまだ正式な婚姻を交わしてはいない。松平主馬の思惑にしたがって留守居番への推挙と引き替えに、賢治郎を引き取った作右衛門は、三弥との婚姻を進めようとはしていなかった。

「難しいな」

何も知らない大身旗本の三男でしかなかった賢治郎も、世事の複雑さを味わったのだ。己と三弥の間に、世間の夫婦のような交流が生まれるかどうか、疑問を持っていた。

「男と女の仲は、いつも男が歩み寄らなきゃいけません」

賢治郎より十歳ほどうえの清太が諭《さと》すように言った。

「そうなのか」

「はい。若は、この江戸で男と女どちらが多いと思《おぼ》し召《め》す」

竹箒の動きを止めて清太が問うた。

「ほぼ同じではないのか」

「とんでもございませぬ」

大きく首を振って、清太が賢治郎の答を否定した。

「男のほうがはるかに多いのでございまする」

「…………」

清太の話に、賢治郎は耳を傾けた。

「もちろん、生まれてくる子供には、差がございませぬ。問題は、この江戸にございますので。天下のお膝元《ひざもと》、江戸は、もっとも大きな都でございまする」

「うむ。江戸は四百万石の城下町でもあるからな。この国に大名がどれほどいようとも、徳川の足下にも及ばぬ」

　賢治郎も同意した。

「都には人が集まりまする。そうなれば、ものを商《あきな》う者も増えまする。仕事もたくさん生まれまする。地方で喰《く》いかねた百姓の次男三男は、江戸ならと出て参りまする。当然、住むところが足りなくなりましょう。家を作るための職人がたくさん入り用になりまする。これら皆、男なのでございまする」

「ふむ。なるほどの」

　話を聞いた賢治郎は理解した。

「男十人に女一人なので。よほどの大店《おおだな》の番頭か、大工の棟梁《とうりょう》でもない限り、女房をもらうのは、難しゅうございまする。武家の中間奉公では、まず無理。ならば、どうするかと申しますれば、女の機嫌《きげん》を取って振り向いてもらうしかないので」

　嘆息しながら清太が語った。

「そういえば、旗本の次男、三男で婿養子の口がないと聞いたことがあったな」

　朝、家綱の髷《まげ》を整えてしまえば、翌日の交代まで、ずっと支度部屋である小納戸下部屋に詰めているしかない賢治郎である。下部屋で休憩する小納戸たちの話が聞く気がなくとも耳に入った。

小納戸の仕事は、将軍の身のまわりの世話である。髷を整えることから、衣服の着せ替え、御座の間の掃除、食事の用意と多岐《たき》にわたる。

将軍が起きている間、小納戸の誰《だれ》かしらが側《そば》に居るのだ。将軍と言葉を交わすことも多い。

江戸城からまず出られない将軍家綱にとって、城下のことを知っている小姓《こしょう》や小納戸の話を聞くのは、なによりの楽しみなのだ。

小納戸たちも家綱の気を引くべく、非番の日には市井《しせい》へ出かけ、芝居を見たり、町の繁華なようすを確認したりする。小納戸たちの話は、題材だけでも豊富であり、賢治郎にとって、いつも耳新しいものであった。

「三弥どのの婿として迎えられた拙者は、まだ幸せだったか」

小さく賢治郎は呟《つぶや》いた。

たしかに数百石以下の旗本や御家人《ごけにん》にとって、次男以下の扱いはたいへんであった。婿入りさせるにしても、養子に出すにしても、相手がいなければ始まらないからである。

事実、娘一人に婿三人というありさまで、なかなかに競争が激しかった。

しかし、三千石寄合席で松平の名字をもつ家柄ともなると、別であった。機が合えば、数万石の大名へ養子として迎えられることもあった。

とくに幕府から睨《にら》まれている一万石そこその外様《とざま》大名にとって、松平の名前は大きい。松平から婿を取ったからといって、親藩《しんぱん》譜代《ふだい》になれるわけではないが、幕府の扱いはよくなるのだ。今まで押しつけられてきた石高《こくだか》以上のお手伝い普請《ぶしん》や、勅使接待添え役などから、外される回数が増える。

借金で首の回らない外様の小藩にとって、名門旗本の息子は、喉《のど》から手が出るほど欲しい相手であった。

「待たせましたか」

三弥が、女中のさわを連れて現れた。

「これは、お嬢さま」

急いで清太が、片膝をついた。

「用意はよろしいようでございますね。では、行きましょう。お母さま、出かけて参ります」

見送りについてきた刀禰へ、三弥が言った。

「気をつけて参るのですよ」

刀禰が、三弥へ声をかけた後、賢治郎へ顔を向けた。

「頼みまする」

「承知いたしましてございまする」

一礼されて、賢治郎も応《こた》えた。

「お出かけでございまする。お潜《くぐ》りをお開けなされませ」

清太が門番へと伝えた。

「へい」

門番足軽《あしがる》が、潜りを引いた。

「いってらっしゃいませ」

見送られて、三弥が潜り門を出た。

「若、お気をつけて」

「ああ」

最後に賢治郎は、潜り門を通った。

武家の夫婦は、肩を並べて歩かない。まず夫が先頭を進み、半歩下がって妻がつくというのが、常識であった。

もっとも、これは通常の形態であった。婿養子の場合は逆になった。武家にとってたいせつなのは、家であり血筋である。深室の先祖が命をかけて戦場働きをし、得たのが今の俸禄《ほうろく》なのだ。継承できるのは深室の血を引く者となる。ただ、女に侍は務まらぬから、一時、賢治郎に預けられるだけで、二人の間に男子が生まれれば、その元服をもって家は、譲られなければならなかった。

もちろん、主命によって変化はある。武士にとって主命ほど重いものはない。

三弥の後を賢治郎がしたがう形で三人は歩いた。

「どちらまで行かれるか」

賢治郎は問うた。

「浅草門前町まで、衣服を購《あがな》いに参りまする」

前を向いたまま三弥が告げた。

「……浅草門前町」

苦い顔を賢治郎はした。

浅草は、かの振《ふ》り袖《そで》火事でもっとも被害を受けたところといって過言ではなかった。拡《ひろ》がった火事を避《よ》けるため川を渡ろうとした避難民たちは、しっかりと閉じられた浅草門に逃げ道を封じられた。

浅草門の番人が、被災民を暴徒とまちがえたことによる不幸であった。追いついた業火《ごうか》によって、閉じこめられた避難民たちは焼かれ、熱さから逃げようとした者たちは、門をこえて川へと転落し、溺《おぼ》れ死んだ。

死者十余万人とも言われた振り袖火事のなかでも、浅草橋付近での被害が突出していた。

火災が収まった後、金龍山浅草寺へ、生き残った人々が集まり、幕府や寺社などから供されるわずかなお救《すく》い米《まい》で糊口《ここう》をしのいでいた。その浅草の復興の開始は遅かった。幕初から浅草に住んでいた者たちのほとんどが死んでしまったため、店や住居の再建がなかなかなされなかったからである。

そのうち、持ち主の居なくなったところへ、被災民たちが家を建てはじめ、浅草は槌音《つちおと》であふれ、急速に繁華な町へと変貌《へんぼう》していった。

それに拍車をかけたのが、吉原《よしわら》の移転であった。

江戸城大手門から、わずか十丁（約一・一キロメートル）ほどの葺屋町《ふきやちょう》にあった、江戸唯一の公認遊郭も、この大火ですべてを失った。

「お膝元に、遊郭があるなど、幕府の威厳にもかかわる」

かねてから吉原のことをこころよく思っていなかった老中《ろうじゅう》たちは、これ幸いと葺屋町から、江戸ともいえぬ浅草田圃《たんぼ》へ追いやった。

おかげで浅草は、吉原通いをする遊客たちの通過場所となり、一層猥雑《わいざつ》さを加味したのである。

　さすがに門前町あたりは、まともな店が多いとはいえ、少し離れれば、かなり怪しいところもあった。

　賢治郎は、浅草が、三弥にふさわしい場所とは思えなかったのだ。

「浅草でなくとも、衣服ならば日本橋でもござろうに」

　日本橋には大小の店が軒を並べている。呉服を商う店も何軒かあった。

「賢治郎どの」

　足を止めた三弥が冷たい声で咎《とが》めた。

「はい」

　婿養子の立場は弱い。賢治郎も止まった。

「衣服の新調がどれほど費用のかかるものか、ご存じないのでございまするか」

　問い詰めるように、三弥が言った。

「あいにく」

　賢治郎は、首を振った。

　武家の男はまず買いものをしなかった。入り用なものがあれば、家士《かし》に命じて買いに行かせるか、商人を屋敷へ呼んで求めた。

商人を屋敷に呼んだときでも、品物の金額を問うなどは、武家にあるまじき振る舞いとされ、値段も聞かず購入するのが常であった。

まして今は婿養子とはいえ、もとは三千石の若様なのだ。それこそ、実家にいる間は、己で金入れを持ったことさえなかった。

「話になりませぬ」

大きく三弥が嘆息した。

「ご実家である松平家ではどうなのか存じあげませぬが、我が深室家は当主の妻であろうとも、諸式の値段を知っておらねばなりませぬ。決められた六百石のお禄のなかで家計を切り盛りしていかねばなりませぬゆえ」

「はあ……」

あいまいな返事を賢治郎はした。

「日本橋の呉服屋で小袖《こそで》を一枚新調すれば、反物《たんもの》、仕立てで、安くとも二十両はかかりましょう」

「二十両……」

部屋住み出役として、十五人扶持《ぶち》をもらうようになった賢治郎だが、いまだ金銭には疎《うと》かった。

「一両有れば、米が一石買えまする。わたくしどもでは無理でございまするが、町民ならば一カ月は生計《たつき》をなすことができまする」

「二十カ月分でございまするか。それは大きい」

「賢治郎どのの稼がれる十五人扶持は、年に直せば、およそ二十七両ほど。そう、一年の稼ぎを全部つぎこんで、やっと購えるのでございますよ」

「小袖一枚に、一年の手当」

ようやく賢治郎は理解した。

「季節ごとに衣服は要りまする。薄手、合いもの、綿入れと三枚作れば、じつに六十両もかかりまする」

「それは高い」

「対して古着ならば、それが二両か三両で買えるのでございますよ。いつまでも三千石のお気持ちでおられれば、困りまする」

「…………」

賢治郎は何も言えなかった。

「参りまする」

三弥が賢治郎でなく、女中へ顔を向けた。

「……はい」

気まずそうに女中がうなずいた。

歩き出した二人の女のあとを、少し離れて賢治郎は続いた。

「ものの値段さえ知らぬか」

賢治郎は独《ひと》りごちた。

浅草での買いものは、ただ賢治郎を疲れさせただけであった。

「ご苦労でありました」

昼ごろ屋敷に戻った三弥は、女中だけをねぎらうと、賢治郎には目もくれず、奥へと引っこんだ。

「お帰りなさいませ」

清太が、近づいてきた。

「いかがでございましたか」

「ああ。今戻った」

賢治郎は苦笑いを浮かべた。

「女の買いものに男がついて行くものではないな」

「お疲れになられましたか」

「気疲れがしたわ。少し、自室で横になる」

「昼餉はいかがいたしましょう」

寝るという賢治郎へ、清太が問うた。

「にぎりめしをいくつか、部屋へ届けておいてくれればいい」

「そのように」

「頼んだ」

賢治郎は、清太へ小さく手をあげてみせると、部屋へと向かった。

「たしかに何も知らぬな」

一人になった賢治郎が大きくため息を吐《つ》いた。

家綱の耳目手足《じもくしゅそく》として、働いている賢治郎だが、やはり世間知らずでしかなかった。

ものの値段さえわかっていなかった。

「これでは、お役に立てぬ」

両刀と懐の道具を床の間へ置いて、賢治郎は大の字に寝転がった。

もう何年も見慣れた天井を見あげながら、賢治郎は悩んだ。

「世を知るにはどうすればいいのか」

賢治郎は目を閉じた。

口に布を当てているとはいえ、家綱の身体へ刃物を近づけるとき、賢治郎は息を止める。

「………」

そっと剃刀を月代に沿わせ、なでるような動きで遣う。

といったところで、毎日月代を手入れしているのだ。剃刀からなにかに触《さわ》るような感触はほとんど伝わってこなかった。

「ふうう」

大きく家綱が嘆息した。

「お疲れのようにお見受けいたしまする」

剃刀をはずして、賢治郎は声をかけた。

「すまぬ。動いてしまったな」

家綱が詫《わ》びた。

「いえ。お気になさらず」

賢治郎は首を振った。

剃刀を遣っている最中に動かれるのは、怖い。なにせ、相手は将軍なのだ。毛筋ほどの傷を付けても、腹切らなければならなくなる。だからといって、家綱へ動くなと命じることはできなかった。

「のう」

ふたたび剃刀を当てようとした賢治郎へ、家綱が声をかけた。

「はい」

あわてて賢治郎は手を止めた。

「躬《み》はなんのためにおるのだろうな」

家綱が問うた。

「なんのためになど……上様《うえさま》はこの国すべての武家を束ねられるお方」

「誰もがするような答をくれるな」

寂しそうに家綱が言った。

「躬の命へしたがう者がどれほど、この城のなかにおるか」

「上様……」

なにか言えるような雰囲気ではなかった。

「賢治郎、そなた、躬がここ何日大奥へかよっておるか存じおるか」

「いいえ。今朝《けさ》、大奥からお戻りになられたのは知っておりますが……そういえば、先だっての当番の日も……」

「その前もじゃ」

気づいた賢治郎へ家綱が加えた。

将軍の寝所は江戸城のなかに二つあった。

一つは、普段から居室としている中奥御座の間、そしてもう一つが、大奥小座敷である。中奥御座の間で家綱が休んだ翌朝は、お髷番の仕事も早い。明け六つ（午前六時ごろ）過ぎには、始めることになる。しかし、大奥で家綱が眠った翌朝は、中奥まで戻ってくるのを待つため、一刻《とき》（約二時間）ほど遅くなった。

「よいか、躬はこの月に入って、神君家康さま、二代秀忠《ひでただ》さま、三代家光《いえみつ》さまのお忌《いみ》日《び》以外、毎晩大奥へ入っておる。いや、入らされておるのだ」

「…………」

「躬の仕事は、子をなすことだけか」

「そのようなことは……」

「ないと言えるか」

反論しかけた賢治郎へ、家綱がかぶせた。

「それは……」

賢治郎は詰まった。

「であろうが」

家綱が落胆した。

「上様のお仕事がお世継ぎさま作りだけだとは思っておりませぬ。ですが、上様には
お世継ぎさまを早くお作りいただきたいとは考えておりまする」

あわてて賢治郎は述べた。

「なぜ躬には子が入り用なのだ」

「上様のお血筋を残していただかねば、幕府が成り立ちませせぬ」

「躬の子でなくとも、綱重《つなしげ》、綱吉《つなよし》がおる。ともに父家光さまの血を引く者だ。いや、
別に躬の兄弟でなくともよい。神君家康さまの血を引いておれば、尾張《おわり》、紀州《きしゅう》、水戸《みと》
の出でもかまうまい」

冷たい声で家綱が言った。

「それは違いまする」

賢治郎はきっぱりと否定した。

「将軍の位にあられるお方はただお一人なのでございまする。当然、その跡をおわれるお方は、将軍の血を引いたお方でなければ、正統が保てませぬ。それこそ、神君家康公のお血を引いていればよいとなれば、家康公のお姫さまを娶《めと》られた外様の大名たちの子にも将軍と成る資格があることになりまする」

「女系を排せばよい」

「いいえ。女系を排しただけでは足りませぬ」

ふたたび賢治郎は否定した。

「男子相続としたならば、越前《えちぜん》の松平さまが第一となりまする。なんといっても二代将軍秀忠さまより、越前松平初代の秀康《ひでやす》さまは兄君なのでございまする。徳川の名跡《みょうせき》を許されていない家柄へ、将軍位をわたすことなど、許されませぬ」

賢治郎にとって家綱だけがたいせつである。弟である綱重や綱吉と子供のころに会ってはいたが、ほとんど言葉を交わしたことさえないのだ。好意などもちようもなかった。

「そこなのだ」

家綱が、賢治郎を止めた。

「将軍は血筋だけでよいのか」

「えっ」

　意外なことを聞いたと、賢治郎は驚愕《きょうがく》した。

「血筋だけならば、最初の将軍である源《みなもとの》頼朝《よりとも》公の末《すえ》でなければ、将軍にはなれまい。事実、幕府を開くことができるのは、源氏《げんじ》のみとされている」

「…………」

「徳川も源氏の末だなどと言ってくれるなよ。頼朝公の直系は三代で絶えている。このくらいは赤子《あかご》でも知っていることだ。ならば、足利《あしかが》の血統を探すか。高家《こうけ》におるの。正統というならば、はるかに躬より上だな」

　苦笑しながら家綱が告げた。

「今の幕府は神君家康さまの立てられたもの。源氏幕府は後醍醐《ごだいご》帝、足利は織田信長《おだのぶなが》公に倒され、滅亡しております。今の徳川将軍家は、新たに朝廷から認められて、征夷大将軍《せいいたいしょうぐん》となり、幕府を開かれておるのでございまする」

　必死に賢治郎は述べた。

「ならばなぜ、躬はなにもできぬのだ。躬が政にかかわろうとすると、老中どもが止めおる。我らにお任せあれとな。そしてその舌の根も乾かぬうちに、お世継ぎをと口にする。これでは、躬は子を作るためだけにあるのかと思うのも当然であろう」

「………」

賢治郎は沈黙するしかなかった。

「大奥からも、毎日のように催促がある」

家綱が大きくため息を吐いた。

「……上様」

元結いを締めながら賢治郎は気遣うように呼びかけた。

「すまぬな。そなたのせいではないのだが、他の誰にも言えぬでな。つい、愚痴《ぐち》を漏らしてしまった」

「いえ」

賢治郎は首を振った。

将軍の一言は、重い。

「老中の誰々は、躬を敬っておらぬようだ」

「大奥の老女何々は、躬へ無理難題を押しつける」

家綱が、そう漏らすだけで、幕府は大騒動になった。老中は罷免《ひめん》され、老女は大奥を追放される。一言も外へ漏らさぬと信じているからこそ、家綱は賢治郎へこぼすのだ。

「わたくしでよろしければ、いつなりとも」

髷の形を整えながら、賢治郎は言った。

「しかし、大奥はあまりに混沌《こんとん》としておる。躬がどの中臈《ちゅうろう》の局《つぼね》の女を側室とするか、互いを敵視しあっておるようだ」

「無理もございませぬ。上様のお胤《たね》を宿せば、側室からお腹《はら》さまとなり、大奥での力はぐっとあがりまする。まして、若君を産まれたとなれば……」

「次の将軍生母になれるか」

「はい」

賢治郎は首肯した。将軍生母の権は、老中をしのぐ。実家の出世も思うがままどころか、大名に引きあげられるのは確実であった。

「大奥の女どもの目がな、血走っておるように見えるのだ」

小さく家綱が嘆息した。

「それは……」

「老女どもから命じられておるのだろうが……。みょうなしなを作って寄ってきおる」

あまり身体の強くない家綱は、それほど女色を求めることはなく、いまだ側室を作っていなかった。

「なかなかの美形と思っても、ああ露骨ではな」

「はあ」

女を知らない賢治郎には、家綱の状況が想像もできなかった。

「終わりましてございまする」

膝一つぶん、さがって賢治郎は平伏した。

「ご苦労であった……で、調べはどうなっておる」

声を潜《ひそ》めて家綱が問うた。

「どこから手を付けてよいのか、わかりませぬ」

そのままの状況を賢治郎は告げた。

「……ううむ。慣れておらぬことゆえ、いたしかたないやも知れぬが……」

家綱が苦吟《くぎん》した。

「……このままでは、躬は大奥に殺されかねぬ」

「申しわけございませぬ」

賢治郎は、畳に額《ひたい》を押しつけた。

「そなたのせいではない。しかし、そなたに頼るしかない。頼む、賢治郎」

「一命に代えまして」

賢治郎は、決意を口にした。

お小納戸は将軍の日常を手助けするのが任である。その担当は細かく分けられ、膳《ぜん》番は三度の食事を、そしてお髷番は朝一度の身支度だけにかかわった。家綱の髷を結い終えてしまうと、翌朝の交代まで、賢治郎の仕事はない。仕事もない者が、将軍家御座の間に詰めているのはじゃまである。用のすんだ小納戸は、非番になるまで、御納戸御門近くの下部屋で過ごすのが慣習となっていた。

「終わられたか」

下部屋に入った賢治郎に、膳番の加志田俊策《かしだしゅんさく》が声をかけた。

「なんとか、本日も無事、お役目を終えましてございまする」

賢治郎は軽く頭をさげた。

「お互い、命がけのお役目でござるからな」

加志田がほほえんだ。

お髷番は、唯一将軍の身体に刃物をあてることができた。絶対の信頼を将軍から寄せられるかわりに、かすかな傷さえ許されなかった。もし、家綱の月代や髭《ひげ》を剃るときに手が滑り、血を流させたりすれば、賢治郎は切腹、深室の家は取《と》り潰《つぶ》しとなった。

ご膳番も同様であった。家綱の食事を司《つかさど》るだけに、万一は認められなかった。毒が入っていれば当然、食中《しょくあた》りでさえ、首が飛んだ。

「交代が来るまで、生きた心地さえいたしませぬわ」

肩を小さく震わせながら、加志田が言った。

さすがに家綱の食欲不振で膳のものが残されたくらいで、咎められることはなかったが、毒味役も兼ねるご膳番の心労は並大抵ではなかった。

「たいへんでございまするな」

賢治郎は加志田をねぎらった。

お髷番は、責任も重いが、一人の仕事である。他人の介入がないだけ気楽であった。しかし、ご膳番はそうはいかなかった。将軍の食事がご膳番のもとへ届くまで、数人の手に触れた。

まず、材料を納める御用商人、続いて調理をする台所役人、中奥まで膳を運んでくるお広敷《ひろしき》番、そしてお小納戸と、少なくともこれだけの人数がかかわった。

将軍の食事は、台所で同じものが三つ作られた。三つの膳は、まず御座の間近くの囲炉裏《いろり》の間へと持ちこまれ、うちの一つが、小納戸によって毒味された。

一定のときが経過しても、毒味したお小納戸に異常なければ、残された二つの膳は温めなおされ、御座の間へと運ばれた。

御座の間へ着いた膳は、家綱の前と相伴役《しょうばんやく》の小姓の前に置かれる。だが、まだ家綱の食事は開始されなかった。

相伴役の小姓は、最後の毒味役も兼ねているのだ。家綱は、相伴役の小姓が口にしたものでなければ、箸《はし》を伸ばせなかった。

「お吸い物、よろしかろうと存じまする」

相伴役の小姓が食べて一拍おいてから、小姓組頭の許可が出る。

こうしてようやく家綱は膳に手を付けることができた。

台所で作られてから一刻（約二時間）はかかる。焼き魚など、二度も火を入れられたうえ、家綱が食べるころには冷め、硬くなっている。家綱の食が進まなくて当然であった。

「おおっ、そろそろ昼餉の用意をいたさねば、では、ご免」

急いで加志田が下部屋を出て行った。

「…………」

お小納戸の役目は午前中がもっとも忙しい。手が空《あ》いて下部屋にいるのは、賢治郎だけとなっていた。

「ごめんくださいますよう」

一人、下部屋に用意された白湯《さゆ》を飲んでいた賢治郎は、開かれた襖《ふすま》に顔を向けた。

「なにか御用か、ご坊主どの」

賢治郎はていねいに応対した。

襖の間から顔を出したのは、御殿坊主であった。

御殿坊主は、城中の雑用いっさいをおこなった。

国元、あるいは屋敷では、主《あるじ》でございと多くの家来たちに傅《かしず》かれている大名、旗本でも、江戸城へあがれば、将軍の家臣でしかない。家来を連れて行くわけにはいかず、なにごとも己でしなければならなかった。

その手助けをするのが御殿坊主であった。

百万石の前田《まえだ》といえども、御殿坊主の手を借りなければ、茶一杯飲むことはできないのだ。侍身分でさえないが、御殿坊主の機嫌を損ねると、城中での進退に差《さ》し障《さわ》るため、どの大名旗本も、気遣いしなければならない相手であった。

「奏者番《そうじゃばん》堀田《ほった》備中守《びっちゅうのかみ》さまが、お呼びでございまする」

「備中守さまがか」

　賢治郎は驚いた。

　堀田備中守正俊《まさとし》は、家光の寵臣として、松平伊豆守信綱《いずのかみのぶつな》や阿部豊後守忠秋《あべぶんごのかみただあき》らと並んで老中を務め、家光の死に殉《じゅん》じた堀田正盛《まさもり》の三男で、春日局《かすがのつぼね》の養子となった。父正盛、養母春日局という家光の寵愛を受ける男女二人を親に持つ正俊の出世は決められていたも同然であった。

　家綱がまだ竹千代といっていた時代から小姓として仕え、今では上野国安中《こうずけのくにあんなか》藩二万石の大名となっていた。

「承知いたした」

　身分、格からいって、賢治郎は拒否できなかった。

「こちらへ」

　御殿坊主が先に立って歩き出した。

　下部屋のある御納戸御門付近は、登下城ともなるとごったがえすが、それ以外は滅多に人の行き来さえなくなる。

　下部屋の並ぶ奥へと御殿坊主は、賢治郎を案内した。

「備中守さま。お連れいたしましてございまする」

御殿坊主が足を止めた。

「ご苦労」

廊下の突き当たり、薄暗い角に堀田備中守が立っていた。

「では、あちらに控えておりますれば、なにかございましたならば、お呼びくださいますよう」

一礼した御殿坊主が、廊下の反対側へと引いていった。

「お呼びだとか」

賢治郎は軽く黙礼をした。

「…………」

答えず、堀田備中守が賢治郎を見つめた。

「…………」

賢治郎も沈黙した。

「深室賢治郎、いや、松平賢治郎だな。たしかに、見覚えのある面構《つらがま》えじゃ」

しばらくして堀田備中守が口を開いた。

賢治郎と堀田備中守は、何度も会っていた。家綱が竹千代であったころ、堀田備中守は小姓であり、賢治郎はお花畑番として、仕えていた。

「ご無沙汰《ぶさた》をいたしておりまする」

「そなたがお鬢番であるのだな」

「はい」

問われて賢治郎は首肯した。

お鬢番となってから一度賢治郎は堀田備中守と会っていた。

賢治郎が当番であった日、人払いをするお鬢番など許されぬとして、堀田備中守が家綱へ苦情を申し立てたのである。

「御用は」

賢治郎は問うた。

昔を懐かしむほど親しかったわけではないし、つきあいなど端《はな》からないのだ。呼び出される理由は一つしかなかった。

「急《せ》くな。若さゆえのこととはいえ、余裕のないさまは、見苦しいぞ」

苦い顔で堀田備中守が諭した。

「…………」

今度は賢治郎が黙った。

「上様直々《じきじき》のお召しだったそうだな」

「あいにく、そのようなお話は聞かされておりませぬ」

賢治郎は首を振った。

「隠すか」

堀田備中守の機嫌が悪くなった。

「いいえ。ただ、組頭さまよりお呼び出しを受け、城中へあがりましたところ、お小納戸月代御髪係を命じられただけでございまする」

淡々と賢治郎は述べた。

後日家綱から、どうしても腹心として信頼できる者が欲しく、賢治郎を呼び出したと教えられていたが、これは密議であり、他人に語るべきものではなかった。

「上様となにを話しておる」

不機嫌さを変えず、堀田備中守が続けて問うた。

「なにをと言われましても、巷間《こうかん》の噂《うわさ》などでございまする」

賢治郎はごまかした。

「巷間の噂と申すか。そのなかには、余《よ》の名前や、春日局さまのことが含まれると」

「そのような畏《おそ》れ多いことはございませぬ」

詰問《きつもん》する堀田備中守へ、賢治郎は首を振った。

「では、今朝はなにを話したのだ。申せ」

「今朝は……日本橋界隈《かいわい》の繁華なようすや、諸式のことをお話しさせていただきましてございまする」

「諸式。どのようなことじゃ」

「呉服の値段でござる」

賢治郎は告げた。

三弥に連れ出されたおかげで、賢治郎は詰まることなく言えた。

「ふむ……」

暗い廊下でもそれとわかるほど光る瞳《ひとみ》で、堀田備中守が賢治郎を見た。

「分相応という言葉がある。わきまえるのだな。上様と直接話ができるとのぼせあがるでない。たかが六百石など、足軽に毛の生えたていどでしかないのだ。人知れず直命を受けるなど、論外ぞ」

堀田備中守が厳しく咎めた。

「今後、上様からどのようなご命があろうとも、引き受けることはならぬ。御上《おかみ》には、その役目にふさわしい者がいくらもおる。よいな」

「………」

賢治郎は返答をしなかった。

「不服か」

冷たい目で堀田備中守が賢治郎を見た。

「上様のお言葉をお断りするなど、わたくしにはできませぬ」

はっきりと賢治郎は拒絶した。

「養家だけでなく、実家にも迷惑がかかるとしてもか。養父母、妻を路頭に迷わせることになるぞ」

「……上様のために旗本の家はございまする」

一瞬のためらいを振り切るように、賢治郎は答えた。

「建前《たてまえ》で生きていけるわけなかろう」

堀田備中守が、嘲笑《ちょうしょう》した。

「では、小納戸から移してやろう。上様のお顔を見るのは辛《つら》いであろうから、どうだ、遠国奉行《おんごくぶぎょう》にしてやろう」

遠国奉行は、旗本にとってあこがれの役職である。赴任先にもよるが、遠国奉行は、その土地の最高権力者であり、余得も多い。さらに遠国奉行は、おおむね一千五百石高であり、任じられれば、深室家には九百石の加増が与えられた。多くは数年ののち、さらなる要職へと転じていく。旗本垂涎《すいぜん》の役目であった。

「どうだ」

「かたじけなき仰《おお》せながら、上様よりとくに言いつけられて御髪を整えさせていただいておりますれば……」

実家に捨てられ、養家でも居場所のない賢治郎にとって、家綱こそ寄《よ》る辺《べ》であった。

その意志に反することなど、できようはずもなかった。

「そうか。覚悟あっての物言いであろうな。もうよい、さがれ」

表情をなくして、堀田備中守が手を振った。

「では、ご免」

賢治郎は、犬を追うような無礼な対応をした堀田備中守へ、苦情を申し立てることなく、背を向けた。

「忠義厚き者か。あのような輩《やから》が側にいては、よろしくないな。上様が、自ら政をおこなうなど、あってはならぬのだ。幕府にはそれぞれの役がおり、任に応じた職を全《まっと》うしている。そこへ、鶴《つる》の一声《ひとこえ》が降ってきては、成る話さえ崩れる。将軍家は武家の棟梁として座っておられるだけでいい。蒙古《もうこ》襲来があるまえの鎌倉《かまくら》幕府を見よ。源氏の血を引いていない宮将軍でありながら、百年以上平穏であった。あれは、将軍がなにもせず、執権《しっけん》にまかせていたからだ」

去っていく賢治郎の背中をにらみながら、堀田備中守がつぶやいた。

「将軍は神でなければならぬのだ。崇《あが》められるだけで、なにもせぬ。神が人の座まで降りてきては、権威がなくなる。なんのために、初代将軍家康さまは己を死後日光東照宮《にっこうとうしょうぐう》へ祀《まつ》り、神君と崇めさせたのか。それさえ理解できぬ者など、幕府にとって悪である。悪は幕府を滅ぼす。ゆえに、排除せねばならぬ。たとえ、それが、将軍であってもな」

暗い笑いを堀田備中守が浮かべた。

三

堀田備中守のもとへ、賢治郎を案内した御殿坊主は、二人の話がすむのを確認して、廊下を小走りに駆けた。

礼儀礼法が厳密に定められた城中の廊下を走ることは禁じられていた。目付に見つかれば、少なくとも登城停止を命じられる。

ただ、御殿坊主だけが例外とされていた。

御殿坊主はときに老中の用を受けて、人の呼び出しなどをおこなう。場合によっては、謀反《むほん》、あるいは、夷狄《いてき》侵略などの大事もある。重大なときだけ走っていては、周囲に異変を教えてしまう。それを防ぐため、御殿坊主はいつも小腰をかがめて廊下の端を小走りに走る慣習となっていた。

「立水斎《りっすいさい》どのよ」

御殿坊主が、御用部屋前に端座している同役を呼んだ。

「おおっ。辰斎《しんさい》どうした」

立水斎が、問うた。

「伊豆守さまは、おられるか」

「うむ。お呼びするか」

「頼んだ」

辰斎が、うなずいた。

「しばし待て」

立水斎が立ちあがった。

「あとで屋敷へ行く。他言無用で願いたい」

「わかった」

首肯した立水斎が御用部屋へと消えた。

若年寄《わかどしより》でさえ許可なく入ることのできない、上の御用部屋でも、御殿坊主は自在に出入りできた。

老中たちの雑用を請け負うというのもあるが、一人前の武家として認められていない証拠でもあった。

僧体をとるというのは、俗世とのかかわりを捨てたとの意味である。かつて、織田信長、豊臣秀吉《とよとみひでよし》が活躍した戦国のころ、僧侶はどこの陣営にも属さない中立な者として、和睦《わぼく》や停戦の斡旋《あっせん》をおこなっていた。豊臣秀吉と毛利輝元《もうりてるもと》の間を取り持った安国《あんこく》寺恵瓊《じえけい》などは有名である。安国寺恵瓊は、関ヶ原の合戦のあと、家康によって処断されたが、これは僧侶でなく秀吉配下の大名となってしまったからであった。

御殿坊主も同じであった。武家ではなく、俗世にかかわらぬ僧侶。幕府がどのような政をおこなおうが、御殿坊主には何の影響もない。一種の無縁扱いであった。

「辰斎か。あちらへ行こう」

すぐに御用部屋から松平伊豆守が出てきた。

勝手気ままを家綱から許された松平伊豆守は、御用部屋より下部屋にいることが多かったが、珍しく詰めていた。

松平伊豆守が、先に立って御用部屋から少し離れた畳廊下の隅へと移動した。

「なにかあったのか」

周囲に人気《ひとけ》がないのを確認した松平伊豆守が問うた。

「奏者番堀田備中守さまが、お髷番深室賢治郎どのを呼び出され、なにやらお話をなされましてございまする」

「備中が、賢治郎をか」

聞いた松平伊豆守が、思案した。

「話は聞けなかったか」

「残念ながら、廊下の端と端でございましたので」

申しわけなさそうに、辰齋が首を振った。

「雰囲気などはどうであった」

「良好な感じではございませなんだ」

辰齋が答えた。

「そうであったか。いや、ご苦労であった。筆を」

「はい」

懐から扇子《せんす》を取り出した松平伊豆守へ、辰齋が矢立《やたて》を差し出した。

矢立とは、携帯用の墨壺《すみつぼ》と筆である。墨壺の底にこびりついている乾燥した墨を筆先に付けた唾液《だえき》でぬらして溶かした松平伊豆守が、白扇へ数字を書きこんだ。

「こんなに……」

書かれた数字を横目で見ていた辰齋が驚愕した。

「口止め料も入っておる」

十という数字を書きこみながら、淡々と松平伊豆守が告げた。

白扇は財布を持ちこむことのできない城中での通貨代わりであった。大名や旗本は、自家の紋が入った白扇を数本、懐へ忍ばせ、御殿坊主に物事を頼んだ礼の代わりに渡すのだ。もらった白扇を御殿坊主は、大名や旗本の屋敷へ持参し、金と引き替えてもらう。

これが御殿坊主の余得であり、主たる収入であった。

御殿坊主の本禄は、二十俵二人扶持、役金二十七両でしかない。役金を除けば、町奉行所の同心《どうしん》より少ない。この薄禄を補うのが、白扇であった。

白扇一本の値段は、家格と石高によって違うが、松平伊豆守ともなると一本三両から五両が相場であった。もちろん、いつも渡さなくともよかったが、あまり吝《しわ》いまねをすると、御殿坊主の機嫌を損ね、城中で湯茶の一杯も飲めなくなる。

それだけではなかった。

御用部屋へも出入りできる御殿坊主は、政の動きを人一倍早く知ることができる。なかには、今度のお手伝い普請は誰に命じるかという話もある。戦国が終わり、領土を増やす機会を失った大名たちはどこことも手元不如意《ふにょい》なのだ。お手伝いとは名ばかりの、丸投げ普請を引き受けたくなどはない。お手伝い普請のあるなしを他人より先に手に入れられれば、要路へ賂《まいない》を撒《ま》くなどして、避けられる。しかし、それも御殿坊主に嫌われると、話を止められてしまいかねない。

白扇を御殿坊主たちへ配るのも、大名の仕事であった。

その白扇に松平伊豆守は十両と書いた。相場の倍である。辰齋が目をむくのも当然であった。

「これからも頼んだぞ」

「お任せくださいませ」

深く辰齋が頭《こうべ》を垂れた。

小腰をかがめて小走りに去っていく辰齋を見送りながら、松平伊豆守は独りごちた。

「五日、いや、三日持てばよいか。まあ、三日あれば、手は十分うてる」

御殿坊主にとって、城中で知ったことこそ生活の糧《かて》なのだ。いくら破格の金を渡されて、口止めを約束しようとも、一時のことでしかない。

「口の堅い御殿坊主か……私心のない老中を探すより難しいな」

苦笑しながら、松平伊豆守は御用部屋へと戻った。

御用部屋は二つあった。一つは老中たちの使う上の御用部屋であり、もう一つが若年寄の詰める下の御用部屋である。

上の御用部屋は、なにかあれば、すぐに家綱の許可が取れるように将軍家御座の間とも近い。まさに幕府の中枢であった。

上の御用部屋のなかは、老中ごとに屏風《びょうぶ》で仕切られ、隣のようすを窺《うかが》えないようになっている。合議が要《い》るときは、部屋の中央に置かれた大火鉢の周囲へ集まり、意見を交わした。

「…………」

己の屏風へ戻った松平伊豆守は、腰をおろすと瞑目《めいもく》した。

「長年の功績に報い、老中筆頭を解き、老中次席として、勝手務めを許す」

三代家光の時代から家綱の御世《みよ》へと二代にわたって、辣腕《らつわん》を振るった松平伊豆守へ与えられたのは、名ばかりのいたわりと閑職であった。

家綱の口から発せられたものではあったが、実質は、口うるさい先代からの寵臣を排除したいと考えた、若い老中たちの仕組んだことである。

「上様より勝手務めを許された伊豆守さまに、このようなことをさせては叱《しか》られましょう」

稲葉美濃守正則《いなばみののかみまさのり》が、松平伊豆守から政を取りあげた。

「どうぞ、御用部屋までお出ましにならず、お屋敷でご養生《ようじょう》をなされませ。長寿を保たれることこそ、上様のお気遣いへ対するなによりの証《あかし》」

酒井雅楽頭忠清《さかいうたのかみただきよ》が、用もないのに出てくるなと松平伊豆守を牽制《けんせい》した。

それでも松平伊豆守は、御用部屋へ出た。経験の浅い若い世代への牽制であった。

「伊豆守よ」

隣の屏風ごしに声がした。

「なんだ、豊後」

松平伊豆守は目を開けた。

「少しよいか」

屏風から出てきた阿部豊後守が、大火鉢の隣へ座った。

阿部豊後守は松平伊豆守同様、家光の寵臣の生き残りである。ともに家光の小姓から立身した。松平伊豆守が、老中筆頭として政を任せられたのに対し、阿部豊後守は家綱の傅育《ふいく》を家光から託された。

家綱が将軍になると同時に、阿部豊後守も西丸老中から本丸老中へと復帰、松平伊豆守と肩を並べた。

不思議なことに、阿部豊後守は、家綱から老齢のねぎらいを受けておらず、老中としてのつとめを執っていた。

「…………」

無言で、阿部豊後守が大火鉢の砂へ、上と書いた。

「うむ」

松平伊豆守はうなずいた。

火鉢の砂の上へ、文字を書く。こうすれば、覗《のぞ》きこまない限り、二人がなんについて語り合っているか、誰にもわからない。

老中たちは、こうやって、他人に聞かせたくない話をおこなった。

金火箸《かなひばし》を阿部豊後守から受け取った松平伊豆守が、備中と灰の上に書いた。

「あやつか」

阿部豊後守が眉《まゆ》をしかめた。

「こちらの話ともかかわってくるな」

　ふたたび火箸を持った阿部豊後守が、灰に大奥と書いた。

「どうかしたのか」

　松平伊豆守が首をかしげた。

「…………」

　無言で阿部豊後守が、毎夜と記した。

「ご負担を強《し》いておると言うか」

「ああ」

　阿部豊後守が首肯した。

「露骨に過ぎるな」

「…………」

　火箸で阿部豊後守が、策と書いて、消した。

「手を打たねばならぬか」

「だの」

　二人の老臣が顔を見合わせた。

「任せてもらえるか」

「よいのか」

松平伊豆守の言葉に、阿部豊後守が訊いた。

「ちょうどよいやつがおる」

ゆっくりと松平伊豆守が立ちあがった。

四

当番の一日は、翌朝の六つ（午前六時ごろ）をもって終わる。

「ご苦労でござった」

出勤してきた同役へ、あいさつをすませれば、賢治郎は一昼夜の非番となる。

使い終えた二食分の弁当箱と、搔《か》い巻《ま》きのような夜具を両手に抱え、賢治郎は御納戸御門を出た。

諸役人の登城が始まる明け五つ（午前八時ごろ）までに、大手門を出ておかないと、大荷物を抱えた状態では、人混《ひとご》みで動きにくくなった。

「若」

大手門を出てすぐの供待ちまで清太が、賢治郎を迎えに来ていた。

「お荷物を」

「頼む」

賢治郎は夜具などを清太へ渡した。

「腹が空《す》いたな」

歩きながら賢治郎は漏らした。

宿直《とのい》の弁当は自前である。昼と夕餉の弁当は持参しても、翌朝のぶんまでは、用意していない。昨夜の暮れ七つ半（午後五時ごろ）に夕餉代わりのにぎりめしを口にしてから、なにも食べていない賢治郎の若い胃が音を立てていた。

「朝餉の用意はもう調っておりましょう」

ほほえみながら清太が言った。

「ご当主さまは、出かけられた後か」

「そろそろお出かけになられるころあいかと」

清太が答えた。

「そうか」

深室家当主作右衛門と養嫡子である賢治郎は、親子務めをしている。勘定方《かんじょうがた》など非番がいつとも決められていない役職の場合をのぞいて、親子務めには、親子で当番の日が重ならないように調整する慣例があった。もっとも三日に一度の勤務である留守居番と、二日に一度当番が回ってくるお髷番では、いずれずれるとはいえ、宿直明けの疲れた朝から養父の顔色をうかがうのは、賢治郎にとって辛い。作右衛門がいないと聞けば、ほっとするのも当然であった。

「朝餉の後は、いかがなされまする。一度お休みになられまするか」

「眠りは足りている。飯を喰ったらちと出かけてくる」

訊かれて賢治郎は首を振った。

「また上総屋《かずさや》でございまするか」

「うむ」

賢治郎はうなずいた。

上総屋とは、江戸で指折りの髪結い床である。賢治郎はお髷番を命じられるとわかって以後、なんども上総屋へかよい、剃刀や鋏の使い方を教えてもらっていた。

「若のお帰りでございまする」

屋敷が見えてきたところで、清太が駆け出して大声をあげた。

「開門」

作右衛門を送り出した後、一度閉じられた大門がふたたび開かれた。

親子務めしている旗本はそう多くない。まだ部屋住みの嫡子が召し出されるのは、大いなる名誉である。深室家は、わざと大声をあげて当主の出勤、賢治郎の帰邸を世間に報《しら》せ、家門の誉《ほま》れを自慢した。

「おかえりなさいませ」

門番足軽が、門の左右へ並んで頭をさげた。

「うむ」

鷹揚《おうよう》に首肯して、賢治郎は大門を潜った。

「お戻りなさいませ」

玄関に立って、許嫁《いいなずけ》の三弥が出迎えた。

「ただいま戻りましてございまする」

玄関土間で一度足を止め、賢治郎はていねいに頭をさげた。

「朝餉の用意ができておりまする」

「ちょうだいいたしまする」

一礼して、賢治郎は自室へと入った。

当主と跡継ぎが役職に就いているおかげで、深室家の台所は豊かである。膳には蜆《しじみ》汁と菜の煮物、干し鰯《いわし》を焼いたものが載っていた。

「…………」

無言で賢治郎は朝食に手を付けた。

まともな武家では女が給仕につくことはない。賢治郎は清太一人を給仕に黙々と飯を喰った。

「馳走《ちそう》であった」

飯を五杯片付けて、賢治郎は朝餉を終えた。

「湯浴《ゆあ》みはいかがなされましょう」

膳を片付けながら、清太が問うた。

「風呂があるのか」

「姫さまが、用意をいたすようにと」

「ありがたいな」

賢治郎は三弥の気遣いに感謝した。買いものから戻って以来、挨拶《あいさつ》だけしか交わさなくなっていた気まずさが、消えた思いであった。

「いただこう」

着替えの下帯を持って、賢治郎は湯殿へと向かった。

湯殿は隅に小さな湯貯《ゆだ》めを設けた蒸し風呂であった。熱くした湯を湯貯めに満たし、そこから湧《わ》きあがる湯気で、浴室全体を暖め、汗をかくことで身体の汚れを浮かせる。

賢治郎は、湯殿の床へ直接腰を落として、のんびりした。

もちろん江戸城内にも湯殿はあった。ただ、誰もが使用できるものではなかった。礼儀礼法を取り締まり、身形《みなり》の崩れなども咎める目付、将軍のすぐ近くで仕える小姓、宿直番である奥医師など、極《ごく》かぎられた者だけが、入浴を許された。

「御髪はどうなさいます」

風呂の外から清太が訊いた。

「今日はよい」

賢治郎は断った。

鬢《びん》付《つ》け油《あぶら》で固めてしまう頭髪は、洗うとなれば大事であった。

小半刻（約三十分）ほどで風呂を出た賢治郎は、小袖に袴という軽装で、屋敷を後にした。

「じゃまをする」

「またお出《い》でですかい」

のれんをはねあげて入ってきた賢治郎を見た上総屋辰之助《たつのすけ》が、あきれた。

賢治郎は月代御髪の内示を受けたとき、江戸でも評判の髪結い床上総屋へ日参し、辰之助の仕事を穴のあくように見つめ、学んでいた。

「頼む」

苦笑しながら、賢治郎は己の月代を触った。

「今日はお客でござんすかい」

辰之助が賢治郎の仕草で気づいた。

「もちろん、後で見せてもらうが」

「懲りないお方だ」

客の頭を剃りながら、辰之助が器用に嘆息した。

「仲間に入れてもらうぞ」

賢治郎は、待合《まちあい》とは名ばかりの小座敷へあがった。

「へい」

「どうぞ、奥へ」

待合に座っていた町人たちが立ちあがった。

「気を遣ってくれるな」

小さく賢治郎は、首を振った。

「ですが……」

中年の職人らしい男が、口ごもった。

「辰之助どのの腕に惚《ほ》れこんだ者同士である。そう、堅くなられては、今後吾《われ》は、ここへ髪を頼みに来られなくなる。なにせ、拙者は、親方の弟子でもあるのだからな」

「勘弁しておくんなさい」

辰之助が苦笑しながら、頭をかいた。

「そういうことなら、無礼講ということで」

職人が腰を下ろした。

「最近、なにかおもしろい話はないか」

まだ緊張している職人へ、賢治郎は問いかけた。

「おもしろい話でございますか……」

困ったように職人が、隣の男を見た。

「あらためて言われると……なあ」

隣で煙草《たばこ》を吸っている男も困惑した顔をした。

「そういやあ、次郎吉《じろきち》、おめえ三日前吉原へ行ったんじゃなかったか」

元結いを締めながら、辰之助が言った。

「ああ、行ったけどよ。お武家さま相手に女郎買いの話をするわけにもいくめえ」

煙草を吸っていた男が手を振った。

「女郎買いか。やったこともないな。是非、聞かせてもらえぬか」

賢治郎が頼んだ。

「えっ。お武家さまは、遊女を抱いたことがないと」

「残念ながら、吉原など見たこともない。話には聞くのだがな」

笑いながら賢治郎は答えた。

「そいつあ」

目を丸めて次郎吉が、驚愕した。

「それほど珍しいことなのか」

賢治郎は、思わず問うてしまった。

「やはりお武家さまは違うな。おいらなんぞ、十三で女を知ってやしたから」

「儂《わし》は十五だったな。奉公に出たところの兄弟子が、岡場所へ連れて行ってくれた」

中年の職人も話に入ってきた。

「親方はいくつだったい」

「こっちにまで飛び火させなくともよかろうに。といって、ここで断っちゃ興ざめだな。おいらは二十歳《はたち》だった」

辰之助が告げた。

「遅いじゃないか。二十歳じゃ、そのへんの女が早いぞ」

次郎吉が大仰《おおぎょう》に驚いて見せた。

「親方が厳しかったんだよ。一人前になるまで、女は修業の妨げだってな。なんせ、親方の目を盗んで女郎買いに出た兄弟子たちは、全部放り出されていたからな。こっちは、剃刀を持たせてもらえるようになるまで辛抱《しんぼう》するしかなかったのさ」

修業時代を思い出したのか、辰之助が眉をひそめた。

「おっと、こっちの下の話はどうでもいいやね。次郎吉、吉原はどうだったい」

元結いを切って、一人の客を終わらせた辰之助が話を戻した。

「この世のものとも思えなかった」

目を閉じた次郎吉が、思い出すように述べた。

「吉原に着いたのが、暮れ六つ過ぎだったけどよ。大門《おおもん》からずっと仲町《なかのちょう》通りまで明々と灯《ひ》が入って、まるで日中のようだった」

蠟燭《ろうそく》や油はかなり高価で、庶民がそうさいさい使えるものではなかった。

「豪儀な話だ」

辰之助が感心した。

「吉原が日本堤《にほんづつみ》へ移ってから、行ってないが、元吉原よりすごいか」

「比べものにならねえ。まず大きさが違う。元吉原の倍はあるぜ。妓もそのぶん増えているから、それこそ選《よ》り取《ど》り見取《みど》りさね」

「花魁道中《おいらんどうちゅう》は見たのか」

「いやあ、道中は八つ（午後二時ごろ）から七つ（午後四時ごろ）だから見られなかったな。考えてみれば惜しいことをしたな」

言われて次郎吉が悔やんだ。

吉原の花魁道中は、江戸の名物であった。吉原でもっとも格の高い太夫《たゆう》と呼ばれる遊女が、属している見世《みせ》から馴染《なじ》みの客が待つ揚屋《あげや》まで行く。その様子を道中と称し、多くの客に見せたのである。

吉原の太夫は、容姿だけでなく、詩歌書茶道などに精通している、まさに江戸の華であった。一晩を共にするだけで十両以上が飛ぶ太夫は、高嶺《たかね》の花である。その高嶺の花を間近で見ることができる。花魁道中が吉原だけでなく、江戸の名物となるのも当然であった。

「そんなに見事なものなのか」

賢治郎は確認した。

「旦那《だんな》も、一度吉原へお行きになられれば……」

「それがな、婿養子なので、遊郭はちとまずい」

「そいつあ。お気の毒な」

次郎吉が慰めた。

「深室さま、ちょいとここを」

辰之助が賢治郎を呼んだ。元結いをかけた状態で、最後の締めを辰之助は見せようとしていた。

「ああ」

急いで賢治郎は、見学のために立ちあがった。

第二章　泰平の裏

一

上総屋を出た賢治郎は、ふと呟《つぶや》いた。

「今からならば、太夫道中に間に合うか」

賢治郎は、明日家綱との話題になるかと吉原へ足を向けた。

大川沿いを上流へ進めば、江戸でも繁華な浅草寺門前町に着く。

「そろそろ昼か」

空腹を感じた賢治郎は、門前町で足を止めた。

お髷番として賢治郎に与えられる、十五人扶持《ぶち》はすべて家のものとなるため、賢治郎の懐《ふところ》には一文《もん》も入っては来ない。

「深室家の跡取りが、外で恥をかいては、名折れになりまする」

役目を得て外へ出ることの多くなった賢治郎の紙入れへ、三弥は幾《いく》ばくかの金を入れてくれた。

「食べものは……」

賢治郎は並んでいる屋台を見た。

武家はほとんど外食をしなかった。宴席や遊郭での飲み食いはしても、単に腹を満たすだけの食事は、ほとんど屋敷で摂《と》った。武家の身分にふさわしい料理屋などが、ないからである。

「ふうむ……あれは……」

一軒の屋台に町人たちが集まっていた。

「じゃまをするぞ」

町人たちの後ろから賢治郎は声をかけた。

「こりゃあ、どうも」

声をかけられた町人が恐縮した。

「これはなんだ」

屋台を覗《のぞ》きこんだ賢治郎は、初めて見る食べものに首をかしげた。

「へえ。田楽《でんがく》で」

訊《き》かれた屋台の主《あるじ》が答えた。

「田楽とはどのようなものだ」

「豆腐に焼き味噌《みそ》を塗ったもので」

重ねて問われた主が述べた。

「一ついくらだ」

「三文ちょうだいいたしております る」

「うまそうだが……止《や》めておこう」

賢治郎は嘆息した。

このような屋台で食べものを購《あがな》っているのを見られれば、深室の名前に傷が付いた。藩によっては、外食を禁じているところもある。咎《とが》め立てられなくとも、あまりいい評判にはならなかった。

「馳走《ちそう》になりに行くか」

まだときに余裕はあると、賢治郎は浅草寺門前町を離れた。

「ご免、和尚《おしょう》はおられるか」

賢治郎は下谷坂本町《したやさかもとちょう》の善養寺《ぜんようじ》を訪れた。

「誰《だれ》ぞ。なんじゃ、賢治郎か。あがれ」

出てきた巌海《がんかい》和尚が、手招きした。

「今日はなんだ。また、剣術でもしたくなったか」

本堂に座った巌海和尚が問うた。巌海和尚は賢治郎の剣術の師である巌路坊と同門である。修行の旅に出た巌路坊に代わって、賢治郎の剣術を見ていた。

「いえ。申しわけないのでございますが、昼餉《ひるげ》を馳走していただきたく」

賢治郎は頼んだ。

「腹が空《す》いたか。よかろう。庫裏《くり》まで来るがいい」

笑って了承した巌海和尚が、先に立った。

「寺の食いものじゃ。贅沢《ぜいたく》は言うなよ」

「かたじけなし」

巌海和尚が用意したのは、麦飯《むぎめし》と漬けものであった。

「ちょうだいいたしまする」

一礼して、賢治郎は箸《はし》を伸ばした。

「今日は非番か」

すでに昼餉をすませた巌海和尚が、白湯《さゆ》を喫しながら問うた。

「はい。髪結い床へ行って参りました」

「勉強か、熱心だな」

巌海和尚が笑った。

「修行でございますれば、日々の鍛錬を欠かすわけにはいきませぬ」

お代わりの麦飯を己でよそいながら、賢治郎は言った。

「その心がけやよし。しかし、剣術をしに来たのでもないなら、なぜこちらへ」

「浅草寺門前町まで行ったところで、空腹に気づきまして」

「……浅草、何用だ」

「じつは……」

委細を賢治郎は語った。

「花魁道中《おいらんどうちゅう》を、上様《うえさま》へか」

聞いた巌海和尚があきれた。

「おかしゅうございましょうか。いつも上様は、小姓《こしょう》や小納戸《こなんど》へなにかおもしろい話はないかとおたずねになられますので」

三杯目を注《つ》ぎながら、賢治郎は尋ねた。

「男ならば誰でも興味を抱《いだ》くことではあるが……まあ、吉原は神君家康さまのお許しを得た唯一の遊郭じゃで、目くじらを立てるほどではないか」

　巌海和尚が白湯を口にした。

「しかし、賢治郎。少しは考えよ。上様は、江戸城からお出になることはできぬ。いや、もちろん、寛永寺や増上寺、あるいは日光東照宮へ参拝なされることはある。なれど、お好みのところへお出向きになられることはかなわぬのだ」

「それは……」

　言われて賢治郎は絶句した。どれほど吉原の花魁道中がきらびやかなものであったとしても、家綱は見られないのだ。

「吉原へ行ったことはあるか」

「いいえ」

　賢治郎は首を振った。

　家綱の側《そば》へあがるほどの家柄である。いかにご免色里《めんいろざと》とはいえ、足を踏み入れるはずもなかった。

「日本堤から吉原の大門まで続く道がある。五十間《けん》（約九十メートル）の長さがあることから、五十間道と呼ばれているそうだが、その道は途中で大きく折れ曲がっている。なぜだかわかるか」

「わかりませぬ」

「日光へ参拝される将軍家が、日本堤をお通りになるとき、大門が見えぬようにとの配慮からだ」

「見えぬように……」

巌海和尚の言葉を賢治郎は繰り返した。

「うむ。よいか、いかに神君家康さまよりお許しをいただいたご免色里とはいえ、悪所《あくしょ》なのだ。女が金のために身を売る。そのような汚《けが》れた場所を上様へ見せてはならぬとの配慮よ」

「ご執政《しっせい》衆のお考えでございまするか」

「違う。吉原の遠慮なのだ」

小さく巌海和尚が首を振った。

「吉原が日本堤へ移転する前、どこにあったかは知っているな」

「はい」

賢治郎はうなずいた。

「あのとき吉原の大門は、大手門へ続く道に面していたが、隠されてはいなかった。しかし、明暦《めいれき》の大火で焼け落ちた吉原は、幕府の命《めい》によって日本堤へ移された。そのとき、五十間道も作られたのだ」

「………」

巌海和尚の話を、賢治郎は無言で聞いた。

「そのとき吉原は、将軍から見えないように姿を隠すことを選んだ」

「なぜなのでございましょう」

「わからぬ」

賢治郎の問いかけに巌海和尚は答えなかった。

「ただ言えることは、将軍の目から世のなかの暗き部分を隠そうとしているのはたしかだ」

「世の暗き部分……」

「そうだ。その最たるものが吉原であろう。どこに好きこのんで遊女となる女がおる。皆、やむにやまれぬ事情があって、苦界《くがい》へ落ちてきたのだ。年貢の払えなかった百姓、借財を返せなかった商人、病《やまい》で金の入りようになった職人、こういった者たちが、娘を、妻を女衒《ぜげん》に売る」

「人の身の売り買いは御法度《ごはっと》のはずでは」

二代将軍秀忠によって、期限の決められていない奉公は禁じられていた。

「そのようなもの、いくらでも抜け道はある。十年の期限付きならば、法度に触れぬ。期限が来れば、もう一度十年の奉公をさせる。これを繰り返せば、終生奉公になろう」

巌海和尚が述べた。

「そのような……」

「世間を知れ、賢治郎」

唖然《あぜん》とする賢治郎へ、巌海和尚が諭《さと》した。

「吉原を見てくるがいい。世の極楽と地獄をな。男にとっての極楽は、女の地獄。それを見極めたうえで、上様へお話しするかどうか決めるがいい。うわべだけをおもしろおかしく聞かされることを上様は望んでおられまい。それに応《こた》えられるだけの目を養え」

「……はい」

言われて賢治郎は立ちあがった。

「帰りによれ」

巌海和尚の声を背中に、賢治郎は善養寺を出た。

寛永寺から浅草へ戻り、大川沿いを進めば、山谷堀《さんやぼり》にあたる。堀を渡らず左に曲がって日本堤を歩けば、左へと折れる道が出てきた。

「これが五十間道」

堤からくだるように五十間道を進むと、左右にやたら暖簾《のれん》の長い見世《みせ》が並んでいた。

「なんだこれは」

なかを覗きこもうにも、足首まである暖簾がじゃまをして見えなかった。

「笠《かさ》貸し、酒、茶」

暖簾に書かれている文字を読んでも、賢治郎にはなんのことかわからなかった。

「あとで和尚に訊くとするか」

あきらめて賢治郎は、足を運んだ。

「あれが大門か」

大きく角度を変えた五十間道の先に、両側を高い黒板塀で囲まれた大門が見えてきた。

「道中が始まるぞ」

賢治郎の前後にいた男たちが、駆けだした。

「これはいかぬ。少しのんびりしすぎたか」

あわてて賢治郎も走った。

花魁道中は、吉原の大門から中央をまっすぐに貫く仲町通りでおこなわれた。

「すごい人だな」

出遅れた賢治郎は、人垣の後ろから見ることになった。

「朧太夫《おぼろだゆう》、お大尽《だいじん》さまのもとへ、参るといたしやしょう」

若い男が声をあげた。

「ええええい」

まだ子供といっていい童女が、奇妙な返答をした。

「ご免そうらえ」

先頭の若い男が、手にしていた金棒を地に突いた。金棒の先に付けられている輪が澄んだ音を立てた。

「ええええい」

若い男が半歩前へ進んだ。

同じかけ声をあげて、童女たちも半歩足を出した。

「…………」

無言で朧太夫が、裾《すそ》を払うよう、大きく外へと右足を振りだした。

「おおっっ」

「脛《すね》が見えたぞ」

通りの右側で見ていた男たちがどよめいた。

朧太夫が、一度振りだした右足で弧を描いて、下駄の幅だけ前へ置いた。

「ええええい」

ふたたび若い男が、金棒を鳴らした。

童女が身体《からだ》を揺らし、今度は朧太夫が、左足を踏み出した。

「おおお」

「白い」

左側で見ていた男たちがざわめいた。

「すまぬが」

賢治郎は、前にいる男へ声をかけた。

「なんでえ……こいつあ、お武家さま」

振り返ってにらみつけた男が、あわてて頭をさげた。

「この道中はどこまで行くのだ」

「あちらの柳のところ、右手に茜屋《あかねや》という暖簾が見えやすか」

「あそこまでか」

「へい」

「しかし、一歩がこれでは、かなりときがかかろう」

二歩で進んだのは、五寸ほどであった。賢治郎はあきれた。

「それがいいのでございますよ」

賢治郎から朧太夫へ目を戻した男が言った。

「しかし、あの茜屋では、あの太夫の客が待っておるのだろう。あまり遅くなると客が怒り出さぬか」

「とんでもねえ」

素朴な賢治郎の疑問を、男が否定した。

「客なら、今ごろあの茜屋の二階から、見下ろしているはずで」

「よくわからんな」

「今夜一晩この朧太夫を抱くのは俺《おれ》だと、見せつけているんでございますよ」

男が述べた。

「こんないい女、おまえたちは生涯抱くことなんぞできないだろう。それを俺は今夜思う存分好きにするんだぞ。うらやましいかと」

「なるほど、優越に浸っているということか」

ようやく賢治郎は理解した。

「まったく、悔しい限りで。いっそ、死ねばいいのにと思いやすぜ」

本音を男が口にした。

「たしかに美しいな」

勝山髷《かつやままげ》を鼈甲《べっこう》のくしでまとめ、首筋までおしろいを塗った姿は、まさに天女《てんにょ》のようであった。

「太夫以外の女はどこに行けば見られる」

「お武家さまは、初めてで」

「うむ」

賢治郎の質問へ、男が問い返した。

「だったら、この仲町通りにも見世は何軒もありやす。格子《こうし》がござんすので、そこから女の顔を見ることができやす。ただ……」

男が言葉を止めた。

「ただ……なんだ」

「吉原のしきたりで、一度女を決めてしまうと、変えることが許されておりやせんので、十分ご吟味《ぎんみ》のうえで」

「なるほど。そういうしきたりなのか」

「おっと、太夫が行っちまう。ごめんなさって」

男が太夫道中にあわせて、動いていった。

賢治郎は、太夫道中から離れて、見世を回った。

「どうぞ、お揚がりくださいませ」

「よい女がおりまする」

見世の名前を書いた半纏《はんてん》を身につけた男たちが、賢治郎へ群がった。

「今宵《こよい》は見るだけじゃ」

「冷やかしでやすかい」

揚がる気がないことを伝えると、一気に冷めた目で見られた。

「そんなこと言わずに揚がっていっておくんなしな」

格子から遊女が賢治郎へ手を伸ばした。

「…………」

遊女の目を見た賢治郎は息を呑《の》んだ。必死の色合いが瞳《ひとみ》を染めていた。

「ご免」

急いで賢治郎は格子を離れた。

「なんだったのだあれは……」

賢治郎は吉原を後にした。

二

「見てきたようだな。けっこうだ」

戻ってきた賢治郎へ、巌海和尚がうなずいた。

「和尚、あの女の目は……」

忘れられない瞳の色の理由を、賢治郎は、問うた。

「必死であったろう」

「はい」

大きく賢治郎は首肯《しゅこう》した。

「生きていくためよ。場を移そう」

巌海和尚が賢治郎を本堂へと誘《いざな》った。

善養寺の本尊は薬師如来《やくしにょらい》である。病魔退散の霊験《れいげん》あらたかな仏として、江戸でも知られていた。

「賢治郎、旗本《はたもと》の仕事はなんだ」

「上様をお守りすることでございまする」

間髪を入れずに賢治郎は答えた。

「うむ。坊主の仕事は、人を救うこと。では、遊女の仕事はなんだ」

「あっ……」

言われて賢治郎は気づいた。

「そうだ。男に抱かれることよ。男から欲せられぬ遊女に価値はない。旗本でも同じであろう。小普請組《こぶしんぐみ》というのがそうだ。旗本としてのお役にあぶれた者たちは、小普請組として、決められただけの金を幕府へ納めねばならぬ。与えられている禄《ろく》から金を返さねばならぬのだ。遊女も同じだ。客のつかなかった遊女に見世は飯を喰わせてくれぬ。それだけの費用も惜しい。もともと女には、莫大《ばくだい》な金が支払われているのだ。その回収をするには、男の相手をさせねばならぬ。それができぬとなれば、少しでも無駄金を遣《つか》わぬようにしたくなって当然であろう」

「ひどい……」

頰《ほお》を賢治郎はゆがめた。

「これが現世というものだ。このようなことを上様はご存じあるまい。執政衆は知っておろうが、気にしてもいまい。遊女など、幕府にとって不要なものだからの」

「………」

賢治郎は言葉を失った。

「上様は、なにをお考えになって、賢治郎へお役目を命じられたのであろうか。そこを一度確認するべきであろう。そして……」

「そして……」

大きく賢治郎は息を呑んだ。

「上様のお考えを聞いて、賢治郎が納得したならば、覚悟を決めねばなるまい」

「覚悟を決める」

賢治郎は繰り返した。

「上様のご意向がつごうの悪い者もおるはずだ。それらと敵対するだけの覚悟。そして、上様へ世の真実をお教えする覚悟だ」

「敵対はわかりまするが、真実をお教えするに覚悟は要《い》りますまい」

わからぬと賢治郎は首をかしげた。

「さきほどの遊女のまなざし、そのまま上様へ告げられるか」

「うっ」

賢治郎はたじろいだ。

「また教えてどうなる」

「人の売り買いを厳に禁じられるよう布告をなさるでしょう」

「だろうな」

巌海和尚が同意した。

「だが、意味はない」

「上様の命が無意味だと」

「実効のない布告など無駄な混乱を招くだけぞ」

怒りを見せた賢治郎へ、巌海和尚が落ち着けと手を出した。

「効果がないと言われるか」

「ないな」

あっさりと巌海和尚が断じた。

「人を売り買いするのはなぜか。それを考えていないからだ」

「理由でございまするか」

「そうだ」

巌海和尚がうなずいた。

「人ならば、我が子の幸せを願うのが当然であろう。誰が喜んで我が娘を苦界へ沈める。どうして、子を売らなければならないのか、そこを変えぬかぎり、売り買いを禁じるだけでは、娘を女衒へ渡す親はいなくならぬ」

「子を売らねばならぬ状況をなくす……」

「できるわけなかろう」

思案に入った賢治郎へ、巌海和尚が述べた。

「やってみなければわかりますまい」

「年貢の納められない百姓を幕府は許すのか」

抗弁する賢治郎を、巌海和尚が冷たく見た。

「それは……」

言われて賢治郎は口籠《くちご》もった。

「無理だろう。年貢は幕府を、いや、武家すべてを支える根幹だからな。どのような理由であっても未納を認めるわけにはいくまい」

「天災のおりなどは、猶予《ゆうよ》を認めておりまするぞ」

冷害や台風、日照りなどで取れ高の少ない地方の年貢を減免することはあった。

「それは幕府だからだ。幕府の天領は全国にある。どこか一カ所で年貢が入らなくとも、他がある。しかし、数万石の大名や旗本領ではそうはいくまい。一年くらいなら年貢を減免できても、数年には耐えられまい。なにせ武家は、年貢に頼るほかないのだからな。耕さず、ものを作らず、商《あきな》わず、ただ無為徒食しているだけ」

「和尚、さすがにそれは」

「違うと言えるのか」

抗弁しかけた賢治郎を、厳海和尚が止めた。

「…………」

賢治郎は黙るしかなかった。

「武家の本分はなんだ。戦《いくさ》であろう。戦って領地を守るか、新たな領土を得る。それが武家の仕事だ。否定できまい。神君家康公もそうやって、天下を手にされたのだからな」

厳海和尚が続けた。

「ところが、神君家康公のおかげで天下は太平となり、戦がなくなってしまった。戦いのない世に武家は不要じゃ。天下太平となったとき、武家の多くを帰農させなければならなかった。それを神君はなさらなかった」

「和尚」

家康を批判するような物言いを、賢治郎は咎めた。

「不敬のつもりはないぞ。なさらなかったにはそれだけのわけがある。天下は徳川のものとなったが、まだ諸国には数十万石という外様《とざま》大名があちこちにあった。天下は武士を捨てられるほど盤石《ばんじゃく》ではなかった。だから、神君家康公は、旗本たちをそのまま抱え続けられた。だが、今はどうだ」

「天下を狙う者などおりませぬ」

問いかけるような目へ、賢治郎は告げた。

「うむ。加賀の前田、薩摩《さつま》の島津、仙台の伊達《だて》、いずれも神君家康さまに比肩《ひけん》する名将たちの作った外様の雄藩《ゆうはん》も、いまや飼い犬の如《ごと》く、幕府へ尾を振るだけになっている。つまり、もう天下に争乱は起こらぬのだ。戦いのない世に武家は入り用か」

「…………」

賢治郎は答えられなかった。首を振れば、まだ天下は太平でないと幕府の力を否定することとなり、肯定すれば、己の不要を認めることになる。

「もっとも天下の争乱はなにも内からだけ起こるものではない。海の外の異国《とつくに》から、日本を狙《ねら》ってくる者がいないとは限らない。そのとき、戦える者がいなくては話にならぬ。その分の侍は残さねばならぬ。としても、今の旗本ほどは要らぬ。それが上様にできるか」

「……できますまい」

ゆっくりと賢治郎は首を振った。武家を潰《つぶ》すにひとしい命を、武家の棟梁《とうりょう》たる家綱が出せるわけもなかった。

「うむ。幕府は旗本御家人《ごけにん》を抱え続けねばならぬ。規模は違っても諸藩も同じだ。無為徒食な武家がいるかぎり年貢はなくならず、納められなくなる百姓は減らない。この理屈は理解できるな」

「はい」

「吉原の話を上様へすることは、正しいのか」

「いいえ」

賢治郎は認めた。

「上様がおもしろいお話を求められたとき、どれをお耳に入れていいのか。それを考えねばならぬ。できぬ者は、いつまでたっても上様の側近たり得ぬ。ただの使い走りで生涯を終えるつもりならば、考えなしでもよいがな。ただ、使い走りのままでは、いつか上様の側から離れなければならぬときがくる。考えなしに動く以上、賢治郎をじゃまだと思う者へ、つけこむだけの隙《すき》を与えるからだ」

「隙を……」

「猪突猛進と言い換えてもいい。猪《いのしし》は、獲物を目にするとまっすぐ突き進む習性がある。あいだに罠《わな》があっても気づかずな」

わかりやすい比喩《ひゆ》で、巌海和尚が教えた。

「上様の側に仕えるというのは、特別なのだ。思い出せ、おまえは、一度その座から追われているのだ」

「くっ……」

苦い顔で賢治郎はうめいた。

かつて家綱の遊び相手として江戸城へ賢治郎はあがっていた。そのままいけば、将軍となった家綱の側近として賢治郎も出世していくはずだった。だが、賢治郎は腹違いの兄、松平主馬の策略で、家綱のもとから引き離された。

「同じ轍《てつ》を踏めば、いかに上様といえども、おぬしをかばえぬぞ」

厳しい一言を巌海和尚がかけた。

「悩め。さて、そろそろ稽古《けいこ》に入るか」

巌海和尚が杖《つえ》を取りに立ちあがった。

「今日は……」

うちひしがれた賢治郎は、とても剣を持つ気にはならなかった。

「たわけ」

ひときわ厳しい叱声《しっせい》が、賢治郎へ浴びせられた。

「敵が、おぬしのつごうに合わせてくれるか。今日は調子が悪いから明日にしてくれと頼めば、刺客は待ってくれるのか。いつまで甘えている。もう、おぬしは三千石の若さまではないのだ。六百石の婿《むこ》養子。己で妻と家を守っていかねばならぬ立場だと気づかぬか」

「申しわけございませぬ」

賢治郎はうなだれるしかなかった。

「わかったならば参れ」

「お願いいたしまする」

杖を手にした巌海和尚のうながしに、賢治郎は応じた。

三

善養寺で半刻《はんとき》(約一時間)ほど汗を流した賢治郎は、屋敷への道をたどっていた。

そろそろ日が傾き始めていた。武家の門限は暮れ六つ(午後六時ごろ)と決められている。届けなくの外泊はもちろん、極端に遅くの帰邸も禁止されていた。

「ちともの を尋ねたい」

人気《ひとけ》のない武家町へ入ったところで、賢治郎は呼び止められた。

「なにか」

賢治郎は路地から現れた浪人者へ問うた。

「冥土《めいど》はどちらかの」

「なんだ」

浪人者の言葉に、賢治郎は戸惑った。

「いや、今から行くことになる貴殿が、知っておらねば困るであろう」

淡々と浪人者が、述べた。

「刺客か」

「でござる。刺客稼業をなりわいとしておる伊胴元弥《いどうげんや》でござる。よしなに。ああ、お名乗りはけっこうでござる。貴殿のことはよく存じあげておりまするのでな」

伊胴元弥が述べた。

「誰《だれ》に頼まれた」

「日本橋の嘉平《かへい》と申す口入れ屋に」

あっさりと伊胴元弥が明かした。

「もっとも嘉平が誰から請け負ったかまでは、知りませぬが」

ゆっくりと伊胴元弥が近づいてきた。

「ああ、日本橋の嘉平を探されても無駄でござるよ。本名と本業は別でござるから」

五間（約九メートル）ほどの間合いで、伊胴元弥が足を止めた。

「ということで、仕事に入らせていただきたい。さっさと終わらせて残りの半金を受け取りたいのでな」

伊胴元弥が、太刀《たち》を抜いた。

「…………」

黙って賢治郎は脇差《わきざし》を鞘走《さやばし》らせた。

「小太刀をお遣いとは聞いていたが、なかなかに」

賢治郎の構えを見た伊胴元弥が感心した。

「やあ」

脇差の切っ先を賢治郎は、小さく揺らした。

「おう」

重い気合いで伊胴元弥が受けた。

まだ刀は触れあってもいないが、戦いは始まっていた。賢治郎の動きは、隙をわざと作るためであり、伊胴元弥の気合いは、見抜いたうえでの拒絶であった。

「やあやあ」

伊胴元弥が、半歩踏み出した。

「ぬん」

賢治郎は応じなかった。

小太刀の間合いは、太刀に比べて近い。三間（約五・四メートル）近くまで二人の距離が縮んだとはいえ、まだ遠かった。

「あまりときをかけるわけにもいきませぬ。いつ他人《ひと》が来るかわかりませぬので」

するするすると伊胴元弥が、間合いを詰めてきた。

「えいっ」

青眼《せいがん》から上段へと伊胴元弥が構えを変えた。

「…………」

賢治郎は脇差を下段にし、腰を深く落とした。

「吾《わ》が太刀にかなうものなし。断じておこなえば、鬼神もこれを避ける」

伊胴元弥が、己へ言い聞かせるように言った。

人というものは、心に身体が引きずられる。おびえは手を縮ませ、太刀の伸びをなくす。必殺の一撃も届かなければ、なんの意味もない。逆に勝てると信じたとき、腕は怖れを忘れ、つまることなくよく伸びる。

「おうやああ」

伊胴元弥が大きく踏みこみながら、上段の太刀を真《ま》っ向《こう》から振った。

「ぬん」

避《よ》けようともせず、賢治郎も前へ出た。

左足を大きく曲げて、上体を地面と水平になるまで傾ける。

「なにっ」

太刀を落とした伊胴元弥が、絶句した。

上段の太刀は、刀の重さも攻撃へ加えた強大な威力を誇るが、大きな欠点を持っていた。

それは、左右の手で柄《つか》を持つため、振り下ろす最中、一瞬ではあるが、己の腕で目を遮《さえぎ》ってしまうのだ。

賢治郎は、それに合わせて身を低くした。伊胴元弥からすれば、賢治郎の姿が消えたように見えた。

「あう」

目標を失った太刀を伊胴元弥が、慌《あわ》てて止めようとした。渾身《こんしん》の力を込めた一刀は、遮るものを失った今、まっすぐに己の足へとその威力を向ける。

「りゃああ」

その足下から裂帛《れっぱく》の気迫が放たれた。

「えっ」

臍下《せいか》に賢治郎を見つけた伊胴元弥が、まぬけな声を漏らした。

「……冷たい」

伊胴元弥が、思わずつぶやいた。

賢治郎の一撃によって、伊胴元弥は下腹から胸まで裂かれていた。

「な、なにかが抜ける」

太刀を捨てて、伊胴元弥が手で腹を押さえた。

「………」

生暖かい血を浴びたまま、賢治郎が身体を起こした。

「あうっ」

伊胴元弥が、下を見た。

「斬《き》られたのか……」

己の状況を理解したとたん、伊胴元弥の黒目が上へとあがり、崩れおちた。

「明日の糧《かて》のため他人を害する。これも生きるため……」

意外に安らかな死に顔を見せている伊胴元弥へ、賢治郎は小さくつぶやいた。

「それは吾《われ》も同じか」

片手拝みに賢治郎は、伊胴元弥の冥福《めいふく》を祈った。

「こみあげてくるものもなくなったな」

賢治郎は嘆息した。

屋敷へ帰った賢治郎は、唖然としている門番の小者《こもの》を無視して、自室ではなく井戸に向かった。

「これはもう着れぬな」

べっとりと血にまみれた小袖《こそで》は、もうどうしようもなかった。

「袴《はかま》はまだどうにかなるか」

身体を地面と水平に倒す。小太刀風心流の極意の一つは、腰を後ろへ残した形を取る。おかげで上半身は血をまともに浴びるが、下半身はまったく汚れなかった。

「…………」

下帯だけになった賢治郎は、井戸の水を頭から何度も浴びた。

「……ご無事……」

門番から注進を受けたのか、三弥が駆けて来た。

「なにを……」

賢治郎が裸《はだか》であるのを見たとたん、三弥があわてて後ろを向いた。

「ご無礼をいたした。部屋へ帰っておりますゆえ」

身を隠すものがない賢治郎は、濡《ぬ》れた身体で自室へと戻った。

折角《せっかく》整えてもらった髷も、水をかぶったことで崩れていた。

「元結《もとゆ》いは緩《ゆる》んでさえいない。さすがは親方だ」

妙な感心をしながら、賢治郎は手ぬぐいで身体の水気を取った。

「よろしいか」

襖《ふすま》の外から、三弥の声がした。

「どうぞ」

新しい小袖を身につけて賢治郎は、許可を出した。

「怪《け》我《が》はなさっておられぬようでございまするな」

大人びた口調で三弥が確認した。

「無傷でござる」

賢治郎は答えた。

「またもや、襲われたのでございまするか」

「いかにも」

さらなる問いに、賢治郎はうなずいた。

「人を斬られました……」

「はい」

淡々と答える賢治郎を三弥が険《けわ》しい顔で見た。

「賢治郎どの。なにも感じられぬので」

「なにを感じるのでござろう」

わからないと賢治郎は首をかしげた。

「…………」

三弥が賢治郎の頭を抱きかかえた。

「なにを……」

あわてて賢治郎は離れようとした。婿養子に来たとはいえ、賢治郎と三弥はまだ夫婦ではなかった。三弥に女の印が訪れるまで、待てと言われているのだ。

「武士なのでございますから、人を斬るのは当然のこと。なれど、それに慣れられては、人でなくなりまする」

　三弥が囁《ささや》くように言った。

「初めて人を殺《あや》められたときのことを思い出されませ」

「……初めて人を殺めたとき……」

　賢治郎が人を斬ったのは、家綱の弟綱重の屋敷を見に行った帰りである。襲い来た綱重の家臣たちは、命を奪うことなくあしらったが、その後に出てきた刺客二人の命を断ってしまった。

「賢治郎どのはあのとき、震えておられた。なのに、今は何ともない顔をしておられまする」

「たしかになにも感じてはおりませぬな」

　感情のこもらない声で、賢治郎は同意した。

「わたくしは、賢治郎どのの妻となる身。女として人に嫁《とつ》ぐのでございまする。人を斬ったあと心にさざなみさえ立たぬ鬼の妻となるつもりはございませぬ」

　強い口調で三弥が述べた。

「鬼。吾は鬼か」

「わたくしは、鬼の子を産みたくはありませぬ。賢治郎どの」

一転してか細い声で三弥が言った。

「うげっ」

不意に伊胴元弥の臓腑《ぞうふ》を浴びたときの熱さがよみがえってきて、賢治郎はえずいた。

「は、離れて」

あわてて賢治郎は三弥を突き放した。

「きゃっ」

突かれて後ろへ尻《しり》を落とした三弥の前で、賢治郎は吐いた。

「賢治郎どの」

三弥が、賢治郎の背後へ廻《まわ》り、背中をさすった。

「も、もう大丈夫でござる」

胃の腑の中身をすべて出して、やっと賢治郎は落ち着いた。

「お戻りなされたか」

ほっとした表情で、三弥がほほえんだ。

「片付けを」

「よろしゅうございまする。誰か、誰か」

大きな声を三弥が出した。

「お呼びでございましょうか」

　女中が襖の外から用件をうかがった。

「賢治郎どのが、気分を悪くなされました。少し、吐瀉《としゃ》されたので、後始末を。あと、風呂の用意はできておりますか」

「はい」

　女中がうなずいた。

「湯へお入りになされ。その間にお部屋はきれいにいたしておきましょうほどに」

「あ、ああ」

　追われるように賢治郎は、部屋を出た。

「先日とはずいぶんな違いだ」

　買いものへ同行して機嫌《きげん》を損ねすねた子供のような三弥と、まるで賢治郎の母のごとく包みこむような大人の女の三弥の差に、賢治郎は戸惑った。

「世はわからぬことばかりだ」

　風呂の床に腰をおろして賢治郎はつぶやいた。

　奏者番《そうじゃばん》の任は、早くに終わる。家綱への目通りを願う者は、その多くが朝の内を希望するためである。しかし、将来幕府の重職となることを目的としている奏者番たちは、下城刻限になるまで、城中へ留《とど》まり、少しでも己のことを印象づけようとしていた。

「どれ、そろそろ刻限でござろうか。さすがに、本日はもう上様へお取り次ぎをなすこともございますまい」

芙蓉《ふよう》の間で、初老の奏者番が腰をあげた。奏者番は詰め所を与えられておらず、留《る》守居《すい》、大目付《おおめつけ》、町奉行《まちぶぎょう》、勘定《かんじょう》奉行らと同じく芙蓉の間に詰めた。もっとも、町奉行は奉行所へ、勘定奉行は下勘定所で任に当たり、大目付は殿中を巡回するため、実質芙蓉の間は奏者番の詰め所と化していた。

奏者番とは、将軍家へ目通りする者や、諸大名からの献上品を披露するのが任である。他に遠方へ赴任していた役職の帰任あいさつや、大名旗本の家督相続御礼なども取り次ぐ。己が仲介した大名や旗本の経歴から、親類方まで覚えていなければならぬだけに、譜代《ふだい》大名のなかでも優秀な者が選ばれた。ここで、能力の多寡《たか》を見極められ、才のある者は、寺社奉行、若年寄《わかどしより》、大坂城代や京都所司代を経て老中《ろうじゅう》へと出世していった。

しかし、なかにはまったく移動することなく何十年と奏者番を続ける者もいた。

「皆の衆、お先に」

最古参の奏者番が、芙蓉の間を出て行った。

「我々も」

待っていたかのように、他の奏者番も帰り支度を始めた。

「出世をあきらめた者は、気楽なものよ」

冷笑で最古参の奏者番を見送った堀田備中守が独《ひと》りごちた。

「備中守どの。急がれぬと門限にかかってしまいますぞ」

「でござった。すぐに片付けますゆえ、どうぞお先に」

声をかけてくれた同僚へ礼を述べて、堀田備中守が用意を始めた。

用意といってもたいしたものではなかった。奏者番として担当する大名や旗本、役人の略歴を記した覚え帳を持参した箱へしまうだけである。

「火の元は大事ないか」

最後に残った者が、火鉢を点検しなければならない。

すべてを終えた堀田備中守が、江戸城を出るころには、他の役人たちの姿はなかった。

「お帰りなさいませ」

大手門を出たところで、家臣たちが待っていた。

「うむ」

軽くうなずいた堀田備中守が、駕籠《かご》へ乗った。

「お発《た》ち」

江戸城の大手門前である。将軍家へ遠慮して、出発の合図は小さい。

「源兵衛《げんべえ》」

駕籠のなかから堀田備中守が用人《ようにん》を呼んだ。

「はっ」

すぐに田岡源兵衛《たおかげんべえ》が、駕籠脇へ寄った。

「どうなった」

「申しわけございませぬ」

主の問いに源兵衛が、頭をさげた。

「失敗したか。まあよい。で、人はつけておいたのだろうな」

咎めることなく、堀田備中守が話を続けた。

「はい。ぬかりなく」

源兵衛がうなずいた。

「で、どうであった」

「さしたる腕ではないとのことでございました」

訊かれた源兵衛が伝えた。

「ふん」

鼻先で堀田備中守が笑った。

「そいつに、何人の刺客が倒されたのだ」

「…………」

源兵衛が黙った。

「おまえを責めてもしかたないが、一龍齋《いちりゅうさい》は大丈夫なのだろうな」

「同時に三人の無頼《ぶらい》を斬って捨てたこともあるとか。無頼に身を落とさねば、今も小《お》野《の》派《は》一刀流《いっとうりゅう》の高弟であったはずだと松江屋《まつえや》が申しておりました」

「役に立ってくれればいいが。そのために一人無駄死にさせたのだ。深室の剣筋を見極めるためだけにな」

堀田備中守が言った。

「殿、松江屋が、一度お目通りをと願っておりましたがいかがいたしましょう」

「約束を確認したいか。よかろう。明晩に、屋敷まで呼べ」

「よろしゅうございますので。刺客屋ごときと殿が会われてはご身分にかかわりませぬか」

了承した堀田備中守へ、源兵衛が危惧《きぐ》を表した。

「きれいごとだけで、これから上を狙えるものか。闇《やみ》を使いこなしてこそ、先が開ける」

はっきりと堀田備中守が告げた。

「春日局さまの遺言《ゆいごん》を、無にするわけにはいくまい」

「……はい」

小さく源兵衛が首肯した。

「上様のまわりから味方を排除せねばならぬ。上様を孤立させて、そこに余《よ》が入りこむ。松平伊豆や阿部豊後などにいつまでも居座られては困るのだ。お髷番の次は、伊豆と豊後を……」

「…………」

源兵衛が息を呑んだ。

「腹切らされた父の無念、家を奪われた春日局さまの恨み、余が晴らす」

堀田備中守が宣した。

四

よく研いだ剃刀《かみそり》は、すべるように家綱の顎下《あごした》をなぞった。

「お水を失礼いたしまする」

髭《ひげ》を濡らさねば、剃刀のあたりがきつくなる。賢治郎は慎重に家綱の髭をあたった。

「どうだ」

「畏《おそ》れ入りまする。今は、お言葉をご辛抱《しんぼう》くださいますように」

しゃべれば、顎が動く、賢治郎はすばやく剃刀を離し、家綱へ注意を促した。

「すまぬことをした」

「いえ、お怪我がなければ、なによりでございまする。ご無礼つかまつりまする」

ふたたび賢治郎は剃刀を家綱の身体に添えた。

「終わりましてございまする」

もともと家綱は毛深いたちではない。すぐに髭を剃ることは終わった。

「うむ」

満足そうに家綱がうなずいた。

「なにか、わかったのか」

「進展はいたしませぬ」

賢治郎は申しわけなさそうに首を振った。

「綱重も綱吉も、手を出してこぬか」

「はい。あれ以来何一つ」

家綱の髪をしごきながら、賢治郎は答えた。

「ふむ。辛抱できるほど、あの二人はできておらぬはずだが。順性院、桂昌院《けいしょういん》にしても賢《さか》しい女ではない」

髪を賢治郎に預けたまま、家綱が思案した。

「もっとも大奥は、順性院、桂昌院の影響を受けている。すでに二人とも大奥を出てはいるが、手の者は残っている」

「大奥はさすがに……」

将軍以外の男は、特別な場合を除いて出入りが許されていない。お髷番とはいえ、大奥まで出張《でば》ることはできなかった。

「わかっておる。わかっておるが……」

家綱が情けない声を出した。

「男は躬《み》だけなのだ。周囲すべてが女のところへ、一人放り出された躬の気持ちを少しは察してくれい」

大きく家綱がため息をついた。

「それだけならまだいい。どの女も、躬の子種を欲しがっておる。京から礼儀作法を教えに来た上臈《じょうろう》でさえ、会えばこびを売るのだぞ」

　上臈は大奥で御台所《みだいどころ》に次ぐ地位にある。その多くは、京の公家《くげ》の娘であり、御台所の嫁入りに伴って下向してきた者であった。気位が高く、また公家特有の武家を見下す気風を持ち、御台所には敬意を表しても、将軍には冷たいあしらいをすることも多かった。

「これも二人の手配りではないかと思う。躬を腎虚《じんきょ》にして殺そうとする企《たくら》みではないかと、正室まで疑ってしまう」

　家綱が深刻な顔をした。

「それはございますまい」

　賢治郎は否定した。

「毎日御台所さまをお召しになられたならば、必ずや上様のお胤《たね》が宿りまする。そうして若君がお生まれになれば、綱重さま、綱吉さまは五代将軍になられませぬ」

「ふうむ」

　難しい表情で家綱がうなった。

「つまり、躬の子ができれば、吾が身は安泰だと」

「はい」

　元結いをかけながら、賢治郎は首肯した。

「それまで躬の命が持つか。大奥には目付さえも入れぬ。毒を盛る気になれば、簡単である」

家綱が目を閉じた。

大奥へ入った将軍の食事も、お広敷《ひろしき》が担当した。大奥に台所がないわけではなかったが、将軍の食事を作製することはなかった。

これは将軍の食事を担当するのがお広敷の台所役人と決まっているからであった。作りあげた食事を持って動く面倒さより、役所の縄張りをこえるのを嫌がった結果である。

大奥へ足を運ぶと決まった日でも、夕食は将軍からとくに希望がないかぎり、中奥将軍家御座所で供される。将軍は御座所で夕食をすませ、湯浴みを終えてから大奥へ入るのが普通であった。対して、朝餉は大奥で摂《と》る場合が多かった。もちろん、中奥へ戻ってから朝餉にしてもよいのだが、そうなると午前の予定が大きく午後へ食いこみ、政務へ差《さ》し障《さわ》る。将軍の裁可をもらわないと、諸法度の制定が止まってしまう。老中たちから暗に求められた家綱は、大奥で朝をすませてくることが多かった。

大奥で将軍が朝餉を食する場合でも、膳《ぜん》はいつものようにお広敷で作られた。できあがった膳は、毒味用も含めてお広敷にあるご錠口《じょうぐち》を通じて大奥へと運ばれた。もちろん、大奥は男子禁制である。お広敷の役人は、ご錠口で膳を大奥の女坊主へ手渡し、ご錠口をこえたところで、お使い番の女中へと預けられる。

「上様のご膳に手を触れる者が多くなる」

賢治郎も悩んだ。

人が介すれば介するほど、ことは簡単になる。

「まさか上様を大奥で害するとは思えませぬ」

大奥で将軍が変死すれば、いかに男子禁制の大奥といえども、表の権力の介入を防げない。目付が入り、大奥にいるすべての者が取り調べられる羽目になる。

御台所といえども、例外ではなかった。

幕府にとって将軍が権威の象徴なのだ。それが、殺されたとなれば、幕府の面目はなくなり、老中他執政衆は全員役目を辞し、大奥を担当するお広敷の者どもは切腹、軽くとも改易は免《まぬが》れない。

「膳を食した途端に、死ぬような毒は盛るまい。それこそ大奥の存亡にかかわるからの。最悪、大奥は潰されることになる。そこまで、愚かではなかろう」

家綱が首を振った。

「少しずつ盛ることで、身体を弱らせる毒もあるという。それを遣われれば……」

「そのようなものを遣えば、毎日、上様のお体を拝見つかまつっておる奥医師が気づきましょう」

「わかるはずなどないわ」

吐き捨てるように家綱が言った。

「奥医師どもの診察を見たか」

「いいえ」

問われて賢治郎は首を振った。

お髷番の任が終わってから、家綱は朝餉を摂る。奥医師の診療はそのおりにおこなわれるため、役目のすんだ賢治郎は、見たことがなかった。

「許すゆえ、今日見ていくがいい」

「はっ」

家綱の許可が出た。

「終わりましてございまする」

余った元結いを切って、賢治郎は平伏した。

「ご苦労であった。皆を呼べ」

「ただちに」

膝《ひざ》をするようにして、将軍家御座の間上段の間から降りた賢治郎は、下段の間の襖を開けて、小姓、小納戸を呼び入れた。

「上様のお召しでございまする」

「うむ。参るぞ」

小姓組頭がうなずき、一同を促した。

本来ならば、ここで入ってくる連中と入れ替えに、賢治郎は下部屋へと向かうが、本日は家綱の言葉もあり、下段の間の片隅へと座した。

「どうした」

小納戸組頭が、賢治郎の行動を問うた。

「上様より、しばらく待てとの思《おぼ》し召《め》しでございまする」

「……上様からか。なにかしくじったのではなかろうな」

部下の失敗は上司の経歴に傷を付けかねない。小納戸組頭が詰問《きつもん》した。

「滅相もございませぬ。こちらよりお願いいたしたのでございまする。上様のお日常動作を拝見いたしますことで、お髷の結いかたに工夫ができぬかと考えましたので」

賢治郎は虚偽の答を口にした。

「なるほど。役目熱心でけっこうなことだ。だが、いつもはおらぬ者が在することで、他の者の動きに齟齬《そご》を起こしてしまっては困る。じゃまにならぬよう、そこでじっとしておれ」

小納戸組頭が命じた。

「承知いたしましてございまする」

賢治郎は承服した。

「朝餉を」

小姓組頭の声で、小納戸膳係が家綱と相伴役《しょうばんやく》の小姓の前へ、膳を置いた。

「奥医師」

「ご免なされますよう」

呼ばれた宿直番《とのい》の奥医師が、上段の間へとあがり、家綱の左手首に真っ白な絹糸を巻き付けた。

「お吸いものを試せ」

「はっ」

相伴役の小姓が、組頭の命で吸いものを口に含んだ。

「……差し障りございませぬ」

一拍待った相伴役の小姓が述べた。

「上様、お召し上がりくださいませ」

「うむ」

許可の出たものにしか手を出せないだけではなく、食べる順番を好きにすることさえ、家綱にはできなかった。

「御脈をとらせていただきまする」

いつの間にか、下段の間へさがっていた奥医師が言った。

「任せた」

応じて家綱が食事の手を止めた。

「………………」

奥医師が右手に持っていた絹糸を張ると、小さく動かし始めた。眉間《みけん》にしわを寄せて奥医師が糸を操った。

「けっこうでございまする」

奥医師が平伏した。

「そうか」

家綱が食事を再開した。

「ご免を」

ふたたび家綱の側へ近づいた奥医師が、手首に巻いた糸を解いた。

「上様、お口をお開けくださいますよう」

「しばし待て」

口に入っているものを咀嚼《そしゃく》した家綱が、白湯を含んだ。

「よいぞ」

家綱が口を開けた。

「拝見つかまつりまする」

身体を伸ばして奥医師が、家綱の口を覗きこんだ。

「けっこうでございまする」

すぐに奥医師が離れた。

「…………」

ひと膝下がって平伏した奥医師が、下段の間へと降りた。

「奥医師どの、いかがでござる」

「つつがなきとお慶《よろこ》び申しあげまする」

小姓組頭の問いかけに、奥医師が答えた。

「あれでか」

賢治郎は唖然とした。賢治郎も剣士である。構えている小太刀の切っ先へ、蜻蛉《とんぼ》が止まっても、柄元で感じる。ものをつうじての伝達というのを身をもって知っている。だが、三間（約五・四メートル）以上もの長さの絹糸ごしに、家綱の脈が測れるとはとても思えなかった。口を見たのでも、同じであった。さすがに糸脈よりはましであったが、舌をあげさせたりすることもなく、さっと見ただけで終わってしまった。

これで家綱の体調が理解できるはずはなかった。

「……………」

思わず上段の間を見上げた賢治郎は、苦笑を浮かべた家綱と目があった。

賢治郎も無言で、小さく首を振った。

判で押したように毎日同じ献立である家綱の食事は、小半刻（約三十分）ほどで終わった。

奥医師の有様《ありさま》を見たからと、賢治郎はすぐに席を立つわけにはいかなかった。さきほどの言いわけが足を引っ張った。

「老中稲葉美濃守さまお目通りを願っておりまする」

側用人《そばようにん》が、早速《さっそく》に告げた。

「通せ」

ただちに家綱もうなずいた。

「上様におかれましては、ご機嫌うるわしく、美濃守恐悦至極に存じあげまする」

下段の間へ入った美濃守が、きまりきった挨拶《あいさつ》を述べた。

「美濃守も息災のようで重畳《ちょうじょう》じゃ」

老中に非番はない。毎日顔を合わせている二人が、互いに相手の健康を気遣う様子は、ある意味滑稽《こっけい》であった。

「本日、ご判断いただきたい案件は五件でございまする。第一は、尾張藩より願いのあがっておりました木曽川流域の堤防普請について、御用部屋一同、当面見送りがよろしかろうといたしましてございまする」

稲葉美濃守が手にしていた書付《かきつけ》を、側用人へ手渡した。

側用人が書付を家綱の前へ差し出した。

「尾張が願いを断るだけのわけはなんじゃ」

「お囲い堤の意味をなくしまする」

家綱の問いへ稲葉美濃守が答えた。

お囲い堤とは、天下を取った家康が犬山《いぬやま》付近から下流の弥富《やとみ》へ向けて作りあげた堤防である。その長さは十二里（約四十八キロメートル）に及び、尾張城の外堀代わりに木曽川を利用するため設けられた。

「神君家康さまは、お囲い堤をお作りになられたとき、美濃側へ堤防を作ることを禁じられました。これは、西国《さいごく》大名たちの東侵を尾張で食い止めるため。今、治水のためとはいえ、木曽川に堤防を築くことは、神君家康さまの策を根底から崩すことになりかねませぬ」

「待て。神君家康さまがお作りになられたお囲い堤は尾張側にしかないというではないか。それは、名古屋の城を木曽川の氾濫《はんらん》から守るためであろう。ならば、あらたに尾張側だけ堤防を作ったところで、問題はなかろう」

稲葉美濃守の言いぶんを家綱が咎めた。

「それがそうはいかぬのでございまする。慶安《けいあん》三年（一六五〇）に木曽川が大きく氾濫いたしたことがございました」

「ほう。それは知らぬな」

家綱が身を乗り出した。

慶安三年は、まだ家綱の父家光が将軍であった。子供であった家綱に、政《まつりごと》の話は聞かされていなかった。

「このとき、大垣《おおがき》藩でいくつもの村が流され、三千人をこえる死者が出ておりまする」

「ここでさらに尾張側の堤防に手を加えれば、大垣藩を始めとする木曽川流域の大名どもが反発すると言いたいのだな」

「ご明察にございまする」

すぐに事情をさとった家綱を稲葉美濃守が讃《たた》えた。

「大垣は戸田《とだ》であったか」

「はい」

家綱の質問に、稲葉美濃守が首肯した。

戸田氏は家康の父清康《きよやす》の時代から仕えている譜代中の譜代である。また徳川の一門である松平も桑名《くわな》へ配されている。他にも木曽川流域に面した大名は、そのほとんどが譜代であった。

「慶安四年の水害でほとんど被害のなかった尾張に堤防を築くのは、いかにもまずいな。するならば、美濃側にも堤防を作らねばならぬ。かといって神君家康さまのご遺言を無視するわけにはいかぬ。ここは、尾張をなだめるにしかずか」

「仰《おお》せのとおりにございまする」

稲葉美濃守が平伏した。

「わかった」

右手を出した家綱へ、小姓が筆を渡した。

「よきにはからうがいい」

家綱が書付の最後へ花押《かおう》を入れた。

「畏れ入りまする」

稲葉美濃守が平伏した。

「次の案件でございまするが……」

新しい書付を稲葉美濃守が取り出した。

「…………」

声には出さぬが、まだ続くのかと賢治郎はげんなりとした。嘘《うそ》で飾った理由だとは言え、そのまま正直にこなすのは苦痛であった。

「美濃」

語り始めようとした稲葉美濃守を家綱が制した。

「深室」

「はっ」

家綱に呼ばれて、賢治郎は腰を折った。

「少し元結いがずれたようだ。あわせてくれるように」

「ただちに」

家綱に言われて、賢治郎は上段の間へとあがった。

「ご無礼を」

賢治郎は元結いに手を伸ばした。

「……これは」

元結いはずれることも、緩むこともなく、しっかりとしていた。

「うむ。それでちょうどいい。ご苦労であった。さがっていい」

なにもしていない賢治郎を家綱はねぎらった。

家綱に言われたのだ、賢治郎が御座の間から出ていく口実には十分である。賢治郎は平伏して家綱の前から去った。

賢治郎の姿が見えなくなるまで沈黙していた稲葉美濃守が、口を開いた。

「あの者は」

「小納戸の深室賢治郎である。どうかしたのか」

稲葉美濃守の尋ねに、家綱が応じた。

「いえ。では、続きを……」

興味を失ったとばかりに、稲葉美濃守が案件の説明に戻った。

家綱の政務は午前中で終わるが、老中たちの仕事はそこから始まると言っても過言ではなかった。

「上様へのご説明終わりましてござる」

御座の間から帰ってきた稲葉美濃守が御用部屋で報告した。

「ご苦労でござった」

酒井雅楽頭《さかいうたのかみ》がねぎらった。

「すべての案件、上様よりご裁可ちょうだいいたしました」

「それはなにより。では、担当の案件の処理を急ぎましょうぞ」

老中たちは、己の任を片付けるために、動き出した。

「右筆《ゆうひつ》、尾張藩への通達を書きあげる。口述するゆえ、筆記いたせ」

「坊主、普請奉行を呼んで参れ」

静かだった御用部屋が一気に騒がしくなった。

一度自席へ腰を下ろした稲葉美濃守が、立ちあがって御用部屋を出た。

「美濃守さま、どちらへ」

御用部屋の前で控えていた御殿坊主がめざとく見つけた。

「奏者番の堀田備中守をこれへ」

「ただちに」

用を言いつけられた御殿坊主が、小走りに駆けていった。

御用部屋と奏者番の控えである芙蓉の間は少し離れている。羽目の間や中の間を横切ってまっすぐ行けば近いが、そういうわけにはいかない。御用部屋前の七曲がり廊下から、入り側を三つ過ぎ、山吹の間御縁側を通り、雁《かり》の間を過ぎたところで左に曲がる。その正面が芙蓉の間であった。

「ご免を」

御殿坊主が芙蓉の間の襖を開けた。

「堀田備中守さま」

御殿坊主を通じての呼びだしは、名前だけを告げるのが、慣例であった。

「うむ」

うなずいた堀田備中守が、芙蓉の間から出てきた。

「……ご老中稲葉美濃守さまが、お呼びでございまする」

芙蓉の間の襖を閉じ、他人の目と耳をふさいでから御殿坊主が用件を述べた。

「ご苦労である」

「では、先触《さきぶ》れを」

御殿坊主がまた小走りに戻っていった。

殿中を走るのは御法度である。堀田備中守は、ゆっくりと御用部屋へと向かった。

御用部屋の前で稲葉美濃守が待っていた。

「お待たせいたし、申しわけございませぬ」

堀田備中守が詫《わ》びた。

「ついてこい」

稲葉美濃守が、堀田備中守の挨拶を無視して歩き出した。七曲がり廊下を逆に進んで、稲葉美濃守は突き当たりにある黒書院縁の小部屋へ入った。

中庭へ突き出す形の小部屋は、廊下側にさえ注意を払えば、盗み聞きされる心配はない。

老中たちは、諸役人や大名と密談するのに、この小部屋を利用した。

「備中守どのよ」

口調を変えて稲葉美濃守が話し始めた。

「月代御髪の排除、まだできておらぬようだが」

「手は打ってござる」

堀田備中守が抗弁した。

稲葉美濃守と堀田備中守は、近い親戚《しんせき》である。稲葉美濃守は稲葉正成《まさなり》と春日局の間に生まれ、堀田備中守の母は稲葉正成の娘である。二人はおじと甥であった。と同時に、堀田備中守が春日局の養子となったことで、義理の兄弟ともなっていた。

「さきほど、御座の間で見かけたが、上様より直接お言葉をいただいておる。それも御用を終えた後も居座っておったのへ、退出を促されたのだ」

「御用の後も居座っていた……」

堀田備中守が怪訝《けげん》そうな顔をした。

「うむ。いつもならば月代御髪の姿を、我らが見ることはない。御座の間の出入り近くですれ違うことはあっても、なかで会うことはなかった」

稲葉美濃守が述べた。

「上様から……」

「なにか密命があったと考えるべきであろうな」

難しい表情の堀田備中守へ、稲葉美濃守がうなずいた。

「早急に始末をつけねばなるまい。上様が、己の手足となる家臣を使うことになれられる前にな」

　稲葉美濃守が言った。

「でござるな。あの者を排したところで、新しい手足を求められては、意味がない。上様には、何もなさらずにいていただかねば」

　堀田備中守が同意した。

「鎌倉の昔の宮将軍のごとく」

「我ら執政に政はすべて任し、ただ遊興を楽しんでくだされればよい」

　二人が顔を見合わせた。

「将軍は大義名分でいい。神君家康さまの血を引くというだけで、天下は納得する」

「我らにはないもの。名がないならば実《じつ》をとればいい」

　堀田備中守の言いぶんの後を、稲葉美濃守が続けた。

「上様が二度と腹心をもとうなどと思われぬほど、むごい死にかたをな」

「承知」

　強く堀田備中守がうなずいた。

第三章　兄弟の壁

一

「子曰《のたま》わく、学びてこれをときに習う。これすなわち幸いなり。これは孔子《こうし》の言葉である。その意味は……」

講義しているのは、綱重であった。

家光の三男、徳川綱重は、寛文《かんぶん》元年（一六六一）に甲府藩主として別家し、二十五万石の領地と従三位《じゅさんみ》宰相《さいしょう》の官職を与えられていた。

大勢の家臣たちの前で講義する吾《わ》が子綱重を順性院が、満面の笑みを浮かべながら見ていた。

「見よ、兵庫《ひょうご》。宰相さまの凜々《りり》しきお姿を」

後ろへ控える用人山本《ようにんやまもと》兵庫へ、順性院が語りかけた。

「まことに。まさに綱重さまこそ聡明叡智《えいち》のご器量でございまする」

「そうであろう。そうであろう」

吾が意を得たりと順性院がうなずいた。

「文だけではないぞ。宰相さまは弓もお得意じゃ。矢を射らせれば、藩中随一の遣《つか》い手《て》でだそうな。まさに、文武両道である」

母として、息子のできがよいのは、うれしいことなのだろう。順性院の声は弾んでいた。

「畏《おそ》れながら、順性院さま。それは少し違いましょう」

兵庫が首を振った。

「なに、そなた、宰相さまに不満を申すか」

きっと順性院が厳しい顔になった。

「藩中ではございませぬ。綱重さまは、天下の主《あるじ》と成られるお方。一甲府藩という括《くく》りでおさまるような器量ではあられませぬ」

追従《ついしょう》の笑いを浮かべた兵庫がぬけぬけと言った。

「おおおっ。そうじゃ。そうじゃ。まさに、宰相さまは天下人《てんかびと》の器。よくぞ申した。

兵庫。ほめてつかわす」

狂喜した順性院が、懐《ふところ》から紙入れを取り出した。

順性院ともなると、お金を自前で持ち歩くことなどない。紙入れとは純粋に懐紙を入れておくためのものである。順性院は、紙入れを兵庫へ差し出した。

「これを取らせる」

「ははっ」

恭《うやうや》しく兵庫が紙入れを押しいただいた。

「……兵庫」

順性院が小声になった。

「宰相さまを上様《うえさま》にするには、どうしてもじゃまなお方がおられる」

「……はい」

兵庫も声を潜《ひそ》めた。

「大奥へ申しつけてはおるが、あまり目立ったこともさせられぬ。万一、大奥へ疑いの目でも向くようなことになれば、春日局さま以来の不文律に傷が付く。表が大奥へ探索の手を出すような羽目になれば、妾《わらわ》は泉下《せんか》で春日局さまに合わせる顔がなくなる」

不安そうな表情で順性院が言った。

「申しわけございませぬ」

大きく兵庫が頭をさげた。

「厳しいことを言うようだが、妾は、兵庫こそを頼りにいたしておるのだ。なんとかいたしてくりゃれ」

一瞬、順性院が兵庫の身体にもたれかかり、すぐ離れた。

「お、畏れ多いことでございまする」

頰《ほお》を染めて、兵庫が感激した。

「備中守どのから、連絡はないのか」

「今のところ」

兵庫が首を振った。

「なにをいたしておるのであろう。備中守は。春日局さまの御遺言《ごゆいごん》を甘く見ておるのではないか」

「そのようなことはございますまいが……」

順性院の不満に兵庫は口を濁した。

「そういえば、あの月代御髪係《さかやきおぐしがかり》は、どうなった。あの者のおかげで、綱重さまの天下が遠ざかるようなことになるのは許されぬぞ」

「何度か手は出したのでございまするが」

「失敗したのでは意味があるまい」

言いわけする兵庫へ、順性院が返した。

「上様の後ろ盾があるだけならまだしも、あの者は紀州頼宣《よりのぶ》公とも繋《つな》がりがございまする。うかつな手は、かえって綱重さまの進退にかかわるやも知れませぬ」

「紀州など、気にするほどではなかろう。神君家康さまのお血筋とはいえ、分家した身。本家筋である綱重さまに逆らうなど、思い違いもはなはだしい。一度、御三家どもに身の程というのを教えねばなるまい」

厳しい顔で順性院が述べた。

「紀州へ手出しをいたせと」

「なにも紀州だけが御三家ではあるまい。聞けば、頼宣は和歌山へ国入りしておるというではないか。わざわざ遠くまで人を出すのも無駄な手間であろう」

「では、尾張か水戸を……」

「できれば御三家筆頭などと大言壮語しておる尾張に痛撃を与えるのがよい」

順性院が告げた。

「承知致しましてございまする」

「もちろん、月代御髪の排除が先じゃ。そのあとへ、吾が息のかかった者を押しこめば……」

「はっ」

兵庫が受けた。

「あらためて申すまでもなかろうが、館林《たてばやし》には気取《けど》られぬようにいたせ」

「桂昌院さまでございますか」

注意を促された兵庫が確認した。

桂昌院とは、順性院と同じく家光の側室で、四男綱吉を産んだ。

「そうじゃ。なにやら大奥で企《たくら》んでおるらしい」

順性院も桂昌院もお腹《はら》さまとして、大奥で絶大な権力を振るっていた。家光の死後落飾し、大奥から出たとはいえ、その影響はまだ色濃く残っている。

「なにやら、己の息のかかった女を上様へ差しあげ、子を孕《はら》まそうと考えておるようじゃ」

「上様のお子を。ですが、それでは、館林さまは、将軍位からますます遠ざかれることになりませぬか」

兵庫が首をかしげた。

家綱に男子ができれば、五代将軍の座は決定する。綱吉はもとより、綱重も御三家同様、将軍を出すことができる格別な家柄という誇りを与えられるとはいえ、大名という臣下の身分に固定されてしまう。

「桂昌院は、怪しげな祈禱《きとう》に凝っておるという」

「怪しげな祈禱でございまするか」

なんのことかと兵庫が首をひねった。

「よくは知らぬが、坊主を呼んでは護摩《ごま》を焚《た》いておるそうだ。なにやら、女子《おなご》が産まれるよう願掛けをしておるとか」

「女子の産まれる祈禱。どういう意味がござるので」

「わからぬか」

理解できていない兵庫へ、順性院があきれた。

「男子が産まれては困るであろう。五代さまの誕生じゃからな。もっともお生まれになられたからといって、お育ちになるとはかぎらぬがの」

暗い笑いを順性院が浮かべた。

「まさか……」

兵庫が息を呑《の》んだ。

「大奥は魔物の巣窟《そうくつ》よ。わらわも宰相さまを宿したとき、どれだけ危ない目にあったか。後ろから突き飛ばすなど日常茶飯事。茶に石見銀山《いわみぎんざん》がしこまれていたこともあったわ。かわいそうにお末《すえ》が一人、わらわの代わりとなった」

「…………」

大きな音を立てて兵庫が、喉《のど》を鳴らした。

「どなたの手かわかっておられますするのか」

誰《だれ》が毒を盛ったかと兵庫が訊《き》いた。

「わからぬ。多すぎて絞りきれなんだ。大奥というところは、同じ局《つぼね》といえども信用できぬ。他の局が手の者を送りこんでくることもあれば、金や出世で転ぶ者もおる」

「おそろしい」

兵庫が震えた。

「今ごろ気づいたか。女ほど怖い者はないぞ。そうか、兵庫はまだ独《ひと》り身《み》であったの。妻でも娶《めと》れば、わかるやも知れぬ。わらわが世話をしてやろう」

「とんでもございませぬ。妻などわたくしには不要でございまする」

大きく兵庫が首を振った。

「兵庫の縁談は、のちのこととしてじゃ。まだわからぬか。なぜ女を産ませたいか」

「はい」

「簡単なことじゃ。生まれた姫を綱吉どのの正室とするつもりなのよ。上様に男子お世継ぎのないとき、これがどれほど効いてくるか。わかろう。たとえ上様がご長命で、長く将軍位にあられたとしても、綱吉どのと姫の間に男子あらば、そのお方へ五代の座は行こう。たとえ己が将軍たらずとも、実父として力を振るえる。桂昌院も将軍生母になれずとも、祖母として大奥を牛耳《ぎゅうじ》れる。それこそ第二の春日局さまになれる」

順性院が説明した。

「なるほど」

一度納得した兵庫が、疑問を呈した。

「なれど、必ず生まれた姫が、館林へ嫁がれるとはかぎらぬのではございませぬか。それこそ綱重さまのもとへ来られるやも知れませぬ」

「甘いの。嫁入り先を決めるのは、上様ではなく執政《しっせい》衆じゃ。老中のうち二人を傾ければすむ。容易なことぞ」

順性院が述べた。

「それでは、姫君さまが産まれるのもよろしくありませぬな」

「もちろん手は打ってある。大奥は、他人の出世を嫌う。側室同士の寵愛《ちょうあい》争いは、すさまじい。黙って他の女が上様のお胤《たね》を孕むのを見過ごすことはない」

「では、わたくしは三家と月代御髪係を」

「うむ。朗報を期待しておるぞ」

兵庫の言葉に、順性院がほほえんだ。

二

徳川御三家とは、将軍家、尾張徳川家、紀州徳川家をさすと言われている。水戸徳川が省かれているのは、紀州徳川頼宣と水戸徳川頼房《よりふさ》が、母も同じ兄弟だったからである。

家康には多くの側室がいた。そのなかで頼宣と頼房はともに、家康晩年の愛妾お万《まん》の方より生まれている。同母の弟は兄の控えであるとの考えに基づき、水戸家は紀州家になにかあったとき、代わって相続する立場であり、将軍家へ人を出すにも、紀州家の後でなければならなかった。本来ならば、他の兄弟たち同様、徳川の名を許されず、松平として分家するはずだった頼房が、特別な扱いを受けたのは、お万の方に理由があった。お万の方は、頼宣出生後一年五カ月ほどで頼房を産んでいる。すでに還暦を迎えていた家康に二人の子をはらませるほど、通わせた証拠である。その寵愛振りがわかる。

家康は、年老いてから作った愛妾の産んだ子かわいさに、本来ならば与えられない徳川の姓を許したのだ。

「尾張徳川へ痛い目を見せるか」

兵庫は一人呟《つぶや》いた。

六十一万石という大藩の尾張である。屋敷も広く、家臣も多い。主君が一人で出歩くこともない。

「どうやって尾張侯へ近づくか」

尾張二代藩主光友《みつとも》の外出は、かならず行列を仕立てられる。御三家筆頭ともなると、江戸で上屋敷から下屋敷へ移動するだけでも百名をこえる家臣や小者《こもの》を伴う。

「なによりの邪魔は、尾張柳生《やぎゅう》」

尾張柳生こそ、柳生新陰流の継承者であった。新陰流の創始者柳生石舟斎《せきしゅうさい》は、早くから国元を離れ、徳川家康に仕えて柳生家を大名に押しあげた宗矩《むねのり》ではなく、自らが鍛えあげた孫の利厳《としよし》へ印可を与えた。利厳は、尾張徳川初代義直《よしなお》に召し抱えられ、柳生新陰流の正統は、江戸ではなく尾張で続いていた。

「金で雇った刺客ていどでは、勝負になるまい」

新陰流の遣い手を相手にできる刺客など、見つけるのが困難であった。

順性院さまつき用人である兵庫の仕事は、あるようでない。家光の死後剃髪《ていはつ》したとはいえ、順性院は女なのだ。男の兵庫が身のまわりの世話をするわけにはいかない。兵庫の仕事は、順性院の願望をお広敷《ひろしき》に伝えたり、入り用な物品の手配をするだけと閑職の最たるものである。順性院の許可さえ取れば、桜田の御用屋敷を離れても咎《とが》められなかった。

「お方《かた》さまも難しいことを言われる」

小さく兵庫が嘆息した。

「しかし、なにもせぬというわけにはいかぬ。このままでは、お方さまから役立たずと見捨てられてしまう」

懐からもらったばかりの紙入れを取り出した兵庫が、その匂《にお》いをかいだ。懐紙入れにも順性院が使用している香が焚《た》きこめられていた。

「警固のおらぬ月代御髪からやるしかなさそうだな」

決意した兵庫が、大川を渡った。

深川は、富岡八幡宮の門前町であった。三代将軍家光が、富岡八幡宮を信仰したことで、その庇護《ひご》のもと大きく発展した。また、明暦の火事で大きな被害を受けた江戸の町を再建するための材木置き場として使用されたことで、商人、職人らが流入し、雑多な様相を呈していた。

「このあたりの親方はどこだ」

深川へ入った兵庫が、目についた無頼《ぶらい》風の男を捕まえて問うた。

「なんでえ。ここは、両刀差しだからといって、道を空《あ》けるようなところじゃねえぞ」

無頼風の男が、強がった。

「そうか。刀が斬《き》れるかどうか知らぬというわけだ」

目にも止まらぬ疾《はや》さで兵庫が、太刀《たち》を抜いた。

「ひっ」

のど元へ白刃《はくじん》を添えられた無頼風の男が、息を呑んだ。

「もう一度訊こう。このあたりをまとめている者はどこだ」

「は、八幡さまの門前町で人入れ稼業をしている甚介《じんすけ》親分で」

震えながら無頼風の男が告げた。

「さようか」

太刀を鞘《さや》へ戻した兵庫が、懐から小粒《こつぶ》を取り出し、無頼風の男へ握らせた。

「会いたいので訪ねていく。そう、甚介に伝えてもらおう」

「へ、へい」

無頼の男が、急いで走っていった。

灰燼《かいじん》に帰した江戸を再建するために、多くの大工や左官《さかん》が地方から流入してきた。また、材木は高騰し、一旗揚げようとする商人も深川で店を開いた。

江戸の復興にはときと手間がかかる。材木の需要は途切《とぎ》れず、職人たちは仕事に追いまくられた。

金が入ると、遣いたくなるのが人情である。

国元に置いてきた家族へ仕送りする者もいたが、多くは独り者であり、金をどう遣おうが誰も文句を言わない。となれば、その金を巻きあげようと考えた奴《やつ》によって、博打場《ばくちば》と遊女屋が作られる。

悪所《あくしょ》ができれば、耽溺《たんでき》してしまう者も出る。まじめな大工が、いっぱしの博打打ちとなり、腕のいい左官も女にはまり、遊女屋でとぐろを巻く。

深川の風紀は一気に悪くなった。

こうなれば、台頭してくるのが、博打と女を一手に握った親方衆である。金を産む悪所を押さえた者が、深川を牛耳っていた。

「人入れ屋……ここか」

諸国人入れと墨書《ぼくしょ》してある戸障子《としょうじ》を、兵庫が開けた。

「じゃまをするぞ」

「どちらさんで」

土間で煙草《たばこ》を吸っていた男が、煙管《キセル》を持ったまま近づいてきた。

「先ほど、使いを出した者だ」

「与吉《よきち》の……」

男が、足を止めた。

「親方に会いに来た」

兵庫が用件を告げた。

「あいにく、親方は出かけておりやして」

申しわけなさそうな様子も見せず、男が言った。

「待たせてもらおう」

腰から鞘ごと太刀を外した兵庫が、店の上がり框《がまち》へ腰をおろした。

「待つと言われやしても、いつお戻りになるか、わかりやせんぜ」

男が煙管を煙草盆へとたたきつけた。

「かまわぬ」

「こっちがかまうんでございますよ」

「ほう」

兵庫が眼を細めた。

「どこの誰かもわからねえ二本差しに会うほど、うちの親方は暇じゃねえ。気がつきませんかねえ。会わないから帰れと言ってるんで」

本性を男が現した。

「はっきり言ってもらわねば、わからぬぞ。そうか、会わないか」

「わかったなら、足下の明るい内に、橋を渡ってしまいな」

男が、出て行けと手を振った。

「会わないのであって、会えないのではないのだな」

太刀を左手に持って、兵庫が立ちあがった。

「だが、こちらは会わねばならぬのだ」

「こいつ。おい、出て来い。この二本差しを放り出せ」

大声で男が叫んだ。

「おう」

奥から数人の男が出てきた。

「弥次《やじ》の兄貴。この野郎を叩《たた》き出せばよいのでござんすね」

「惣太《そうた》と玉治《たまじ》か。腕の一本も折ってやれば、おとなしく帰るだろう」

弥次と呼ばれた男がうなずいた。

「殺しちまってもかまいやせんか」

「かまわねえぞ」

玉治の言葉に、弥次がうなずいた。

「…………」

惣太が、無言で匕首《あいくち》を抜いた。

「覚悟しやがれ」

同じように匕首を構えた玉治が、笑った。

「どちらが覚悟するのだ。侍へ刃物を向けて、無事ですむと思っているのではなかろうな」

落ち着いた口調で兵庫が述べた。

「やろう」

玉治が、匕首を突き出して威嚇《いかく》した。

「ふん」

兵庫が鼻先で笑った。踏みこまず、手先だけで出された匕首は、兵庫のかなり手前で空《くう》を切った。

「脅しのつもりか」

「ちっ」

笑われた玉治が舌打ちをした。

「…………」

黙って惣太が突っこんできた。

「おろかな」

身体を開いてかわした兵庫が、惣太の背中を蹴《け》り飛ばした。

「うっ」

かろうじて転ぶことは避けた惣太だったが、体勢は大きくくずれた。

「ほれ」

鞘ごと手にしていた太刀の石突《いしづ》きで、兵庫が惣太の足を払った。

「痛てえ」

臑《すね》をしたたかに打たれた惣太が、苦鳴《くめい》をあげた。

「折れた、折れたあ」

足を抱えて惣太がのたうちまわった。

「根性のねえ」

弥次が、苦い顔をした。

「やろう……」

背を向けた兵庫へ、玉治が斬りかかった。

「おろかな」

あきれながら身体を回した兵庫が、鞘ごとの太刀で玉治の顔を叩いた。

「ぎゃっ」

頬骨を割られた玉治が、大きな悲鳴をあげて吹き飛んだ。

「えっ」

一人になった弥次が、呆然《ぼうぜん》とした。

「これで終わりか」

冷たい声で兵庫が言った。

「おまえは、来ぬのか。兄貴と持ちあげられていたのに、それか」

兵庫が挑発した。

「…………」

弥次が黙った。

「下の者だけ、行かせておいて、己は後ろで見物か。ずいぶんと面倒見のいい兄貴だな」

嘲笑《あざわら》いながら、兵庫が弥次へと近づいた。

「く、来るな」

弥次がさがった。

「親方はどこだ」

「……言えるか」

「一応の忠誠は持ち合わせておるか。さて、それがどこまでもつか……」

ぐいっと一歩踏み出した兵庫が、鞘のこじりで弥次の顎《あご》を上へ押した。

「なにをしやがっても言うか」

強がりを弥次が口にした。

「そうか。しゃべらぬ口ならば要《い》るまい」

兵庫がそのままこじりを突きあげた。

顎下の柔らかいところをこじりが破った。

「…………」

声にならない悲鳴をあげて、弥次がしゃがみこんだ。

「そろそろ顔を出したらどうだ」

太刀を腰へ戻して、兵庫が店の奥へと声をかけた。

「どうも申しわけないことで」

店の奥から、三人の若い男を引き連れた中年の男が姿を見せた。

「おまえが、甚介か」

「へい。人入れ稼業を営んでおります、山崎屋《やまざきや》甚介でございまする」

ていねいに甚介が腰を曲げた。

「人入れ稼業といいながら、奉公人のしつけはできていないようだな」

兵庫がうめいている弥次たちを見た。

「すみませんことで。おい。あいつらを片付けろ」

「へい」

三人の若い男たちが、兵庫を気にしながら、転がっている弥次たちへ取り付いた。

「情けねえ」

誰一人自力で立つことができない様子に、甚介が苦い顔をした。

「どうぞ、こちらへ」

甚介が、兵庫を店の奥へと案内した。

「さきほどは、店のものがご無礼をいたしました。お詫《わ》び申しあげまする」

こぎれいな部屋の下座で、甚介が平伏した。

「表を取《と》り繕《つくろ》わずともよい」

上座へ腰をおろした兵庫が首を振った。

「与吉とやらから聞いて、準備させていたのだろう」

「お見通しでございまするか」

甚介が苦笑した。

「いくら無頼とはいえ、親方を訪ねてきた者を、いきなり襲うわけはなかろう。もし、親方とかかわりのある相手だったら、ただではすむまい」

「おっしゃるとおりで」

兵庫の読みを甚介が肯定した。

「なにぶんにも、このような渡世をいたしておりまするると、わたくしのもっておりまする縄張りを狙《ねら》って、いろいろな輩《やから》がやって参りまして。なかには、客を装ってわたくしの命を狙う者まで出てくるありさまで」

甚介が言いわけをした。

「博打と女を手にしているんだ。そのくらいのことはわかっているはずだ」

あっさりと兵庫が、言い捨てた。

「なればこその用心で」

「吾がその刺客ではないという保証はないぞ。ここまで入れて、しかも二人きり。今なら、あっさりと殺せるぞ」

兵庫が脅した。

「なされますまい。そうならば、弥次たちを生かしておくはずございませぬ。匕首で斬りかかってきた者たちまで、殺さずに相手してくださった。これは、後々のことを考えられてのことと存じまする」

「目はあるようだな」

満足そうに兵庫が首肯《しゅこう》した。

「では、ご用件を承《うけたまわ》りたく」

狡猾《こうかつ》な目つきで、甚介が兵庫を見た。

「人殺しになれた者を用意して欲しい」

「お武家さまほどの腕がおありならば、ご自身でなされましょうに」

甚介が問うた。

「吾では及ばぬ相手よ」

頬をゆがめながら兵庫が述べた。

「お武家さまより、強い……それを倒せとは、難しいご注文でございますな」

思案するように甚介が首をかしげた。

「いるであろう、そなたの手には。そういう要望もあるだろう」

「…………」

探るような眼差《まなざ》しを甚介が兵庫へ向けた。

「安心しろ。奉行所とはまったくかかわりはない」

兵庫が宣した。

「金がかかりまする」

低い声で甚介が述べた。

「いかほどだ」

「手練《てだ》れほど高くつきまする」

「当然だの。もっとも高い者でいかほどになる」

うなずいた兵庫が問うた。

「五十両、いただいておりまする」

「いい値よな。それだけの腕をもっておるのだろうな」

「もちろんでございまする」

甚介が胸を張った。

「何人いる」

「はあ」

質問に甚介が間の抜けた答を返した。

「一人でございまする」

「少ないな」

兵庫が難しい顔をした。

「旦那《だんな》、刺客で十両取れれば、一人前なのでございまする。五十両の料金ともなれば、この江戸でまず二人、三人とはいやせん」

「二人はいるのだな」

「ですが、手配できませぬ」

念を押す兵庫へ、甚介が首を振った。

「もう一人は浅草なので」

「浅草ならすぐ……呼べばいいではないか」

「そういうわけにはいかないので。刺客はそれぞれの親方が抱える形となっておりまする。つまり、その親方をつうじてでないと仕事を依頼できないので」

疑問を呈した兵庫に甚介が教えた。

「縄張りのようなものか」

「へい」

「ならば、吾がその浅草の親方へ頼めばいいのだな」

「とんでもございませぬ」

あわてて甚介が手を振った。

「親方の違う刺客を組ませることはできやせん。刺客というのは、とどめを刺して初めて仕事の終わるもの。仕事をして、とどめを刺せなかったら、金をもらえないので。同じ親方の手持ちならば、金の案分でことはすみやすが」

「どちらが殺しても金は払うと申してもか」

兵庫が訊いた。

「それはいただけやせん」

はっきりと甚介が否定した。

「仕事をせずに金を取ったとなれば、親方としてやっていけやせん。表に出られない稼業でござんす。一度悪い評判が立てば、それまでで」

甚介が述べた。

「それに五十両の刺客ともなると、滅多に仕事を請けやせん。一度やれば、たっぷり一年は遊んで暮らせやすので」

「どうすればいい」

「普通の刺客じゃ手に負えないので、お願いしやすとおだてるのが、もっとも早うございますが……かといって、弱い奴がやられましたじゃ、動いてはくれやせん」

問う兵庫へ、甚介が言った。

「ならば、山崎屋の手下で、条件に合う刺客は何人だ」

「五十両の刺客を納得させるほどの腕となると、試しに使えるのは三人というところでございますか」

「いくらだ」

「試しの三人、本番の一人。四人合わせて百両におまけいたしておきまする」

「よかろう。二、三日中に届ける」

兵庫が立ちあがった。

「そこまでするほどの相手とは、どなたで」

「お小納戸深室賢治郎」

「御上御役人さまでございますか。では、調べておきまする」

名前を聞いた甚介が一礼した。

三

家綱が大奥へ入るには、当日朝の内に連絡をしなければならなかった。

「御台《みだい》さまのもとへお出《い》でなさいまする」

連絡を受けた大奥は、昼前から準備に追われた。

「三咲《みさき》を呼べ」

中臈山吹《ちゅうろうやまぶき》が、命じた。

「お呼びでございましょうや」

見目麗《みめうるわ》しい若い奥女中が、局前の廊下で平伏した。

「入るがいい」

手で招かれて三咲が局下段の間へ膝《ひざ》を進めた。

「本日上様が、御台さまのもとへお出でになられる。ついては、お小座敷での湯茶の接待をそなたに命じる。身体に障《さわ》りはないか」

山吹が確認した。

「はい。三日前に終わりましてございまする」

三咲が答えた。

「よい。今日の雑用はすべて免除いたす。暮れ六つには、湯もすませ、化粧を整えておくよう。明保野《あけぼの》」

「はい」

局上段の間右襖《ふすま》際に座っていた奥女中が、山吹へ顔を向けた。

「三咲の着るものを用意いたせ。香を焚きしめるのを忘れるでないぞ」

「承知いたしましてございまする」

手をついて明保野が、受けた。

「今宵《こよい》、上様のお相手を……」

「いや今宵ではない」

問う三咲へ山吹が首を振った。

「今宵、上様は御台さまのもとへお見えになる。たとえ誰であろうとも、御台さまとの閨《ねや》ごとに割りこむのは許されぬ」

山吹が首を振った。

四代将軍家綱の正室は、伏見宮貞清《ふしみのみやさだきよ》親王の娘、浅宮顕子《あさのみやあきこ》である。寛永十七年（一六四〇）二月の生まれで、家綱より一つ歳上《としうえ》であった。明暦三年（一六五七）江戸へ下向し、家綱と婚儀をおこなった。もっとも顕子姫が大奥へ入り正式に御台所となったのは、万治《まんじ》二年（一六五九）九月である。これは、明暦の火事で被害を受けた江戸城大奥の修復を待っていたためであった。

宮家の姫らしくおとなしい気性を家綱が気に入り、夫婦の仲はよかった。

「今日は、目立つだけでよい。上様から名を聞かれるようにな」

将軍が大奥の女中の名を問えば、それは側《そば》へあげよとの意味であった。

「湯浴みの後、髪をせねばなるまい。竜《たつ》、髪結いをな」

「お任せを」

下段の間の隅で控えていた竜が首肯した。

大奥には局ごとに専門の女髪結いがいた。中臈あるいは上臈として一つの局を与えられた者は、身のまわりの世話をするために、数人の下働き女中を雇い入れた。お末、あるいは、お犬と呼ばれた下働きは、局の主である中臈や上臈の食事を作ったり、湯浴みの手伝いをしたりする。そのなかに髪結いがいた。

「よいか、手抜かりのないようにいたせ。今日を勝負と思え。次に上様が大奥へお見えのおり、吾が局が茶の接待を担うのは一月《ひとつき》ほど先になる。それまでの間に、他の局からお側が出てみよ。妾の面目は丸つぶれじゃ」

厳しい表情で山吹が告げた。

「お渡りなされました」

暮れ六つ過ぎ、家綱を迎えた大奥は、一気に騒がしくなった。

「上様には、ご機嫌麗しく、大奥一同慶賀の至りと存じあげまする」

小座敷に入った家綱を、お目見え以上の大奥女中が出迎えた。

「皆も息災のようだ」

家綱が鷹揚《おうよう》に応じた。

「お茶にございまする」

着飾った三咲が、茶をそろそろと家綱の前へ運んだ。と同時に、山吹の前へも茶碗が出された。

「お毒味つかまつりまする」

山吹が、深く平伏してから、茶を口に含んだ。

「……別状ございませぬ」

飲み終わってしばらく待った山吹が言上《ごんじょう》した。

「うむ」

首肯した家綱だったが、茶碗へ手を伸ばさなかった。

「上様」

大奥で最高の地位にある上臈佐ノ山《さのやま》が、家綱へ話しかけた。

「なんじゃ」

「ご側室をお作り遊ばされますよう」

直截《ちょくせつ》に佐ノ山が言った。

「不要である」

一言で家綱が拒んだ。

「躬《み》と御台は、閨を共にするようになってまだ三年ぞ。側室は御台に子ができぬと決まってからでよい」

理由を家綱が述べた。

「お言葉を返すようでございまするが……」

佐ノ山がさらに続けた。

「お世継ぎさまがおられてこそ、天下は安泰いたしまする。ご父君三代将軍家光さまも七名のご側室をお持ちでございました」

「祖父秀忠公は、一人も側室を置かれなかったはずじゃ」

「……それは……」

言い返された佐ノ山が口ごもった。

「なにより、御台のもとへかよえと申したのは、そなたであろう。なればこそ、躬は御台の障りがないかぎり、大奥へ来ておるのだ」

「はっ。ご無礼を申しあげましてございまする」

家綱からの嫌みに、佐ノ山が平伏した。

「上様。御台所さまより、お出でくださいますようにとのことでございまする」

御台所付の上臈が、小座敷へ報《しら》せに来た。

「参ろう」

うなずいて家綱が立ちあがった。

小座敷は、家綱が御台所以外の女と寝るときに使われる場所である。正室である顕子姫と閨を共にするのは、御台所局上段の間と決まっていた。

「おいでなさいませ」

顕子姫が、手をついて家綱を出迎えた。

あくまでも大奥の主は御台所であり、将軍は客として扱われる。

「白湯《さゆ》を」

手ずから顕子姫が、茶碗を用意した。

御台所の用意したものは毒味されない。

「いただこう」

家綱が白湯を喫した。

「うまいな」

「それはようございました」

にこやかに顕子姫が笑った。

「日が落ちてから茶を飲まされては、眠れぬ」

小座敷での対応に家綱が不服を漏らした。

「…………」

家綱の愚痴《ぐち》を、ほほえみながら顕子姫が聞いた。

「側女《そばめ》を作れ、作れと。顔を見るたびに同じことを申しおる」

「わたくしがいたりませぬゆえ、上様へ辛《つら》い思いをさせまする」

顕子姫が目を伏せた。

「御台に責はない。躬がふがいないだけよ。世継ぎなどおらずとも、徳川の家系は絶えぬ。弟どももおるし、御三家もある。躬が将軍としてふさわしくあれば、誰もそのようなことを申しては来ぬ」

「上様……」

悲しそうな声で顕子姫が気遣った。

「すまぬ。つまらぬことを言った」

家綱が顕子姫へ手を伸ばした。

「…………」

手を引かれながら、顕子姫がお付きの女中たちへ目配せをした。

「…………」

静かにお付きの女中たちが、上段の間から下がっていった。

大奥から戻ってきた家綱の機嫌《きげん》は、よかった。

「賢治郎、妻というものはよいな」

月代《さかやき》を剃《そ》られながら家綱が言った。

「女というのは、男のとがった気持ちを和《やわ》らげてくれる」

「さようでございまするか」

剃刀《かみそり》の刃を慎重に寝かせながら、賢治郎は応《こた》えた。

「そなたの妻もそうであろう」

「…………」

賢治郎は返答できなかった。

三弥にすがって、気持ちを落ち着かせたことはあった。しかし、真の意味で夫婦になっていない賢治郎は、家綱の言葉に同意するだけのものをもっていなかった。

「どうした賢治郎」

刃先を頭に当てられているのだ、家綱はすぐ賢治郎の動揺を見抜いた。

「申しわけございませぬ。大事ございませぬので」

あわてて詫びた賢治郎を家綱が手で制した。

「一日くらい月代をあたらずとも、どうということはない」

家綱が賢治郎を見た。

「申せ」

「いえ。わたくしのことでございますれば」

賢治郎は首を振った。

「ならぬ。そなたは、一度躬を捨てたのだ。二度は許さぬ。隠しごとをできる身でないことを知れ」

厳しく家綱が問い詰めた。

「……お耳汚しでございまするが」

幼なじみでもある家綱は、賢治郎にとって格別な相手である。賢治郎は三弥とまだ情を交わしていないと告げた。

「深室作右衛門はおろかよな」

家綱が嘆息した。

「賢治郎がどれほどのものか、わかっておらぬようだ。躬が子供のころ側にいたというだけで、賢治郎を抜擢《ばってき》するわけなかろう。いずれ躬が幕政を手中にしたとき、吾が補佐をできるだけの才があると思えばこそ、月代御髪にしたのだ」

「とんでもございませぬ」

言われて賢治郎は否定した。

「謙遜《けんそん》するな。躬の目を疑うことぞ、それは」

「畏れ入りまする」

賢治郎は恐縮した。

「たしかに月の印さえない子供を抱くわけにはいかぬが……夫婦はそれだけではなかろう」

「…………」

「話をし、ともに茶を飲み、ときを重ねる。これが夫婦というものではないか」

「仰《おお》せのとおりだと存じまする」

「それをわかっておらぬような家へ、そなたを預けて置くわけにはいかぬ。いずれ、躬の片腕として、幕府を支えてもらわねばならぬのだ……そうよな。賢治郎に家を興させるか」

「上様……」

突然の話に、賢治郎は絶句した。

戦国ならばともかく、泰平が五十年以上続けば、侍の価値はさがる。親や兄弟が持ち高を削って分家させる例はあっても、新規お召し抱えの話など、まずなくなっていた。

「それがよいな。別家させれば、賢治郎をもとの松平姓に復帰させることもできる。やはり幕府において松平の名前は重い」

家綱がつぶやいた。

「まずは千石からか」

「上様」

賢治郎は少し語気を強めた。

「どうぞ、別家のお話はなかったことにお願いいたしまする」

「なぜじゃ。そうすれば、賢治郎も深室というくびきから放たれよう」

不思議そうな顔で家綱が問うた。

旗本にとって別家は大きな名誉であった。当主がいるにもかかわらず、新たに禄《ろく》を与えてまで登用するだけの人材であると将軍が表してくれるのだ。

「なにとぞ」

理由を言わず、願う賢治郎へ、家綱が嘆息した。

「わかった。今はもう言わぬ。だが、先はわからぬぞ」

家綱が了承した。

「かたじけのうございまする」

礼を言って賢治郎は任に戻った。

「賢治郎」

「はい」

「大奥中臈山吹、少し気になる。この者を調べよ」

「承知いたしましてございまする」

髪を整え終えた賢治郎は平伏した。


大奥にあがる女たちは終生奉公が決まりであった。もっともお目見え以下の女中は、実家のつごうなどで、去ることもできたが、中臈ともなると死ぬまで大奥から離れることは許されなかった。

「山吹の親元を知るにはどうすればいいか」

宿直《とのい》を終え、江戸城を後にした賢治郎は独りごちた。

お目見え以上の大奥女中は、旗本の子女にかぎるとの規定があった。

「若、なにかおっしゃいましたか」

荷物持ちに来ていた清太が訊いた。

「ああ。いい。独り言だ。気にせずともよい」

賢治郎はごまかした。

「お帰りでございまする」

先触れの清太に合わせるよう、玄関へ手の空《あ》いてる家士たちが集まった。

「お帰りなさいませ。ご無事にお役目を果たされたご様子」

玄関式台に三弥が膝をついていた。

「ただいま戻りましてござる」

ていねいに賢治郎も返した。

「朝餉《あさげ》の用意ができておりまする」

三弥が先に立った。

幼い三弥は大柄な賢治郎の胸ほどまでしかない。先を歩く三弥の後ろ姿を見ながら、
賢治郎はほっとするものを感じていた。

「これが、上様の仰せられていたことか」

「なにか」

賢治郎の口から漏れた言葉を、三弥が咎めた。

「いや、なんでもござらぬ」

急いで賢治郎は首を振った。

「独り言など、名誉ある旗本のすることではありませぬ。以後お気を付けなさいますよう」

三弥が叱《しか》った。

「気をつけまする」

詫びながらも、賢治郎は会話を楽しんでいた。

「お疲れのようでございまするな」

大人びた口調で三弥が問うた。

「上様のお側でございまするから」

賢治郎は素直に告げた。

「お役目はご苦労と存じまするが、決して失策をなされませぬよう。賢治郎どのには、次の深室家の当主として、立派にご出世いただかねばなりませぬ」

「承知しておりまする」

いつもとかわらぬ三弥の言葉でも、賢治郎は心地よかった。

朝餉をすませた賢治郎は、一日、屋敷のなかで過ごした。

「お戻り」

日が暮れとともに、深室家の当主作右衛門が帰邸した。

「お迎えに出ねば」

賢治郎は、玄関まで足を進めた。

作右衛門と賢治郎の二人が、在邸しているときの夕餉は共に摂《と》る決まりである。

「ちょうだいいたしまする」

「うむ」

食事中の会話は、礼儀に反する。二人は黙々と食事を進めた。

「馳走《ちそう》でありました」

「うむ」

三杯ずつ飯をお代わりして、夕食は終わった。

「ただいま白湯を」

給仕をしていた家士が、湯飲みへ白湯を注いだ。

「ご当主どの」

白湯を半分ほど飲んだところで、賢治郎は口を開いた。

「なんじゃ」

湯飲みから顔をあげ、作右衛門が、質問を許した。

「大奥中臈山吹さまをご存じで」

賢治郎は訊いた。

作右衛門の役目は留守居番《るすいばん》である。留守居番は老中支配で布衣《ほい》格、中の間に詰め、大奥や江戸城内の警衛、御台所や将軍姫君の外出の供を任としている。当然、大奥とのかかわりは深かった。

「知っておるが、どうしたのだ」

「上様より、山吹さまのお名前を聞きまして」

少し話を変えて賢治郎は告げた。

「なるほど。山吹さまは、上様のお覚えめでたいということか。ならば、誼《よしみ》をつうじておかねばなるまい。なにか贈りものをするのがよいか。黄白《こうはく》ではあまりに露骨……」

湯飲みを置いて、作右衛門が考え出した。

「山吹さまのご実家は」

「おお。そうじゃ。そちらとつきあうのがよいな。大奥へものを送るにも、儂《わし》がやるよりは目立たぬ」

良案だと作右衛門が手を打った。

「ご実家はどちらで」

もう一度賢治郎は訊いた。

「たしか、神田にお屋敷のある旗本四百石、水島《みずしま》どのが妹御と聞いた覚えがある」

作右衛門が述べた。

春日局以来、大奥の権は日増しに大きくなっていた。

家光を将軍の座につけた功績で春日局は、二代将軍秀忠の正室お江与《えよ》の方を凌駕《りょうが》し、大奥を、ひいては表を把握した。

春日局の死後、かなり衰えたとはいえ、大奥には、まだ表の人事に口を出すくらいの力はあった。

「明日にでもご挨拶《あいさつ》にいかねばならぬな」

すでに作右衛門は、賢治郎のことなど念頭になくなっていた。

「お先に休ませていただきまする」

小さな声で告げて、賢治郎は自室へ帰った。

四

「所用で出て参りまする」

朝餉の後、三弥へ断りを入れ、賢治郎は神田へと向かった。

旗本屋敷が林立する神田で、一軒の旗本を見つけるのは、なかなか骨の折れることであった。

大名を含め、旗本も表札を掲げていない。神田のどのあたりとわかっていれば、まだそのあたりまで行ってから訊くことで探せたが、町名もわからずでは難しい。

「人の噂《うわさ》は床屋と風呂屋に集まるだったな」

上総屋で聞かされた話を信じて、賢治郎は目についた床屋へ入った。

「おそれいりやす。あいにくの混《こ》み具合で」

賢治郎の姿を見つけた床屋の主が、申しわけなさそうに言った。

「急いでおらぬ。しばし、ここで待たせてもらってよいか」

「どうぞ。なにもおもてなしできやせんが」

主がうなずいた。

「仲間に入れてくれ」

待合の座敷へ、賢治郎は声をかけた。

「どうぞ。おい、そっちもう少し詰めな」

「あいよ」

待っていた客たちが、席を譲った。

「旦那は、初めてで」

「ああ。普段は神田に来ることはないのだがな。人を訪ねてきたのだが、その前に月代を頼もうと思い、飛びこんだのだ」

賢治郎は述べた。

上総屋へかよったおかげで、賢治郎は町人たちと身構えず話ができるようになっていた。

「白湯しかございませんが」

別の客が、茶碗を差し出した。

「いただこう」

遠慮なく、賢治郎は受け取った。

「お侍さまが、髪結い床へ来られるとは、珍しいことで」

「そうかも知れぬな。普段は、屋敷の小者にさせておるのだが、やはり本職とは違う」

「そいつはそうだ。素人《しろうと》が作った家と、大工の建てた家じゃ雲泥《うんでい》の差でござんすからね」

　大工らしい半纏《はんてん》を着た男が、同意した。

「てやがんでえ。てめえが鉋《かんな》を入れた材木は、反《そ》ってると評判だぞ」

「なにおう。そういうおまえの塗った壁は、ぼろぼろ崩れるって聞いたぞ」

　職人二人が口げんかを始めた。

「よしねえ。お武家さまの前で、みっともねえ」

　煙管をふかしていた初老の町人が諌《いさ》めた。

「へい。すいやせん、親方」

「申しわけないこって」

　とたんに二人がおとなしくなった。

「おさわがせをいたしやした」

「いや。気にしておらぬ。失礼ながら、このあたりの」

　賢治郎は訊いた。

「振り袖火事でこのあたりが焼け野原になる前からずっとで」

親方と呼ばれた初老の男が答えた。

「ちと尋ねたいが、水島どののお屋敷をご存じないか」

「水島さまでございますか。お名前だけではちょっと」

問われた親方は首をかしげた。

「四百石で、妹どのが大奥へあがっておられる」

「大奥へ……となると明神《みょうじん》門前の水島さまでござんすかね。神田明神の参道の右で。大きな欅《けやき》の木が目印のお屋敷で」

「助かる」

腰を曲げて賢治郎は一礼した。

「明神下の水島って言えば、あの無理兵衛《むりべえ》のことじゃ」

先ほど喧嘩《けんか》していた大工が漏らした。

「無理兵衛とはなんだ」

「いや、なんでもございやせん」

あわてて大工が手を振った。

「言いかけて止《や》めるのはどうかと思うぞ。より、気になるではないか」

笑いながら賢治郎は大工を促した。

「ですが……」

ちらと大工が親方を見た。

「……………」

親方も賢治郎を見た。

「心配するな。水島どのの親戚筋《しんせき》でも友人でもない。用件があるゆえ訪ねてきただけよ。どのような御仁《ごじん》か前もって知っておきたいではないか」

「だそうだ」

説明する賢治郎を見て、親方が大工へ言った。

「あとで、この無礼者って長いものを抜くのはなしでござんすよ」

大工が念を押した。

「そんなことをしたら、家が潰《つぶ》れる」

賢治郎は苦笑した。

武士が町人を成敗《せいばい》する無礼討ちは、まず認められなかった。太刀を抜いて、人を斬れば、まちがいなく改易の上切腹は免《まぬが》れない。

町人のなかには、それを知っていてわざと武士をからかって遊ぶ輩もいた。

「ならお話しいたしやす。無理兵衛ていうのは、水島さまのことで。お名前の水島兵衛《ひょうえ》さまというところから来ているんでやすが……」

「問題は上の二文字、無茶だな」

「そのとおりで。妹さんが、大奥でなんとやらという役目に就いているのをいいことに、やりたい放題。ものを買っても金を払わない。酔っ払って近隣の屋敷の門に小便をかける、道行く町娘にいたずらを仕掛けるなんぞ、日常茶飯事」

「おいらも聞いたぞ。なんでも隣の屋敷に入っていた植木屋を矢で射かけたとか」

「矢でか」

思わず賢治郎は驚愕《きょうがく》の声をあげた。

「最初から外すつもりだったんでござんしょう。矢は植木屋の頭の上に突き刺さっただけだったんでござんすがね。驚いた植木屋は落ちて、足の骨を折っちまったんで」

左官が述べた。

「さすがに、それはまずいな」

「それが、おとがめなしなのでござんすよ」

「ううむ」

賢治郎はうなった。

「屋敷へ矢を撃ちこまれた隣家は黙っておるまい。妹が大奥で重職についていたとしてもだ、かばいきれまい」

　矢を射るというのは戦《いくさ》の合図でもある。

　いわば、水島は隣の屋敷へ、喧嘩を売ったも同然であった。

　撃ちこまれた屋敷も黙ってはいられなかった。抗議の一つもしないと腰抜けと陰口をたたかれることになる。弱腰の評判が立てば、旗本としての立場はなくなる。役目からは当然降りなければならなくなるし、無役の場合は、二度と日の目をみない。

「怪我《けが》した植木屋は金で話をつけたんでござんすよ」

　黙っていた親方が口を開いた。

「だろうな」

　賢治郎は納得した。

　町人からとはいえ、町奉行所などへ訴えが出れば無視するわけにはいかなくなる。最後にはうやむやにできるとはいえ、一度は水島も呼び出される。町奉行で止まればいいが、ことが目付まで回ると無事ではすまなくなった。

　大奥でも手出しのできないのが、目付であった。旗本の監察を任とする目付は、直接将軍へ目通りを願う権をもつ。そこまで話をもっていかないよう、金でかたをつけるのが通例であった。

「お隣はどうしたのか」

「訴え出られはしなかったようで」

親方が言った。

「ではあろうな」

目付なりに訴えるのは、己で解決できないと広言することだ。これもまた周囲から侮《あなど》られる原因となる。

「かといって、あまり派手なことをしては、大奥の妹さまににらまれる。あっしらにはわかりませんが、大奥というところは、かなり怖いそうで」

「上様でも遠慮なさるところだからな」

ゆっくりと賢治郎はうなずいた。

「将軍さまでもどうにもならない……」

大工が目をむいた。

「おぬしも嫁には頭があがるまい」

「そ、そんなことは……へい」

首を振りかけた大工が認めた。

「で、どうなったのだ」

「詫び状を取られたとか」

「無難な落としどころだな」

賢治郎は嘆息した。

詫び状とは、二人の間でなりたつもので、他人に見せるものではない。隣家の面目は立ち、水島としても実質の損はない。

「それで少しはましになったのか」

「そういえば、最近は、聞きやせんね」

「だな」

左官と大工が顔を見合わせた。

「そうか」

「お武家さま、よろしければ、御髪《おぐし》を」

髪結いの親方が呼んだ。

「悪いな。先にさせてもらう」

遠慮なく賢治郎は、受けた。

町人のなかに武家が入ると、どうしても別の扱いを受ける。身分の差から来ているものだが、断るとかえって気を遣わせることになる。

髪結い床や、風呂屋で、武家は異端なのだ。さっさと用をすませ去っていくのが、心遣いであった。

「月代を剃って……元結《もとゆ》いはどういたしましょう」

「新しいのに変えてくれ」

「へい」

髪結いが、賢治郎の元結いを切った。鬢《びん》付《つ》け油《あぶら》で固められている髷《まげ》は、開くことなくそのままの形で、後ろへ垂れた。

「御髪は、洗いやすすか」

「そうだな。頼もう」

「わかりやした。おい。栃《とち》の実を用意しな」

小僧へ髪結いが言いつけた。

鬢付け油のしみこんだ頭髪に、水は意味をなさない。油を溶かす作用のある木の実などを使って、洗髪する。

「櫛《くし》」

「これに」

手渡された柘植《つげ》の櫛で固まった髪をほぐし、整え、もとのように束ねる。

「終わりやした」

髪結いが告げた。

「うむ。結構だ。代金はこれで足りるか」

「余りまする」

「ならば、小僧たちになんか喰わせてやってくれ。じゃまをしたな」

頭髪を整えてもらった賢治郎は、髪結い床を出た。

江戸の鎮守社である神田明神は、平将門《たいらのまさかど》を祀《まつ》っている。天下を望んで征伐《せいばつ》された関東の英雄を、江戸の民は守護神として崇《あが》め、信心していた。

「神田明神門前、このあたりだな」

賢治郎は足を止めた。

「大きな欅、これか」

水島の門前に賢治郎は立った。

「金のかかった造りよな」

賢治郎は感嘆した。

建て直したばかりと見える門構えは、四百石には分不相応なほど大きかった。

「よほど金があるのだろう」

無役の旗本の困窮《こんきゅう》は昨今目に見えてひどくなってきている。どこども食べていくのに精一杯で、屋敷の手入れまで手が回らないのが普通であった。

なにより旗本の屋敷は、自前で手に入れた抱え屋敷以外、すべて幕府からの貸し出しである。幕府の命でいつ移らされるかわからないのだ。引っ越しのときに持っていける襖や家財道具に金をかけることはあっても、門などを新築するのは、まずなかった。

「こちらに御用かな」

不意に賢治郎へ声がかけられた。

「………………」

急いで振り返った賢治郎は、供を連れた立派な武家の姿を認めた。

「いや。見事な門構えについ見とれてしまいました。こちらのお方か」

急いで言いわけしながら、賢治郎は武家を見つめた。

「いやいや。尋ねてきた者でござる。たしかに、今どき見ぬほど立派な門でござるな。屋敷の門は、城の大手に等しい。武家たる者、これほどの門を持つようにならねば」

武家が述べた。

「では、ご免」

言うだけ言った武家が、賢治郎の脇《わき》を通り過ぎ、水島家の門を叩いた。

「井山《いやま》でござる」

「ただいま」

なかから門番小者の応答がし、門が開かれた。

「御当主どのは」

「奥にてお待ちでございまする」

門番小者が答えた。

「小助《こすけ》、あれを」

「はい」

武家についていた小者が、手にしていた風呂敷包みを差し出した。

「たいしたものではないが、国元の名産である。これを」

「ありがとうございまする」

ていねいに礼をした門番小者が受け取った。

「ご機嫌はいかがだ」

武家が問うた。

「今日は、朝からご酒《しゅ》も召されておりませぬ」

「そうか。ならば、頼みもしやすいな」

満足げにうなずいて、武家が屋敷のなかへと入っていった。

「頼みごとか」

賢治郎は理解した。

大奥の中﨟ともなれば、老中や若年寄と面会することもできる。直接会わなくとも、人を介して話を持ちかけるのも容易であった。

「その御礼が、この門構えとなったわけか」

家綱の要望で小納戸になった賢治郎は、役目を得るための努力や根回しの経験がないが、どれほどたいへんなことかくらいはわかっていた。

「上様の仰せられた山吹の実家を調べよとはこのことか」

賢治郎は、水島家を見張れる場所を探した。

「あそこがいいか」

神田明神へとあがる石段の脇に大きな辻灯籠《つじどうろう》があった。賢治郎はその陰へと身を潜《ひそ》めた。

「お世話になり申した」

半刻《はんとき》（約一時間）ほどで先ほどの武家が、門を出てきた。

「うむ。九鬼《くき》公によろしくとお伝えあれ」

「あれが水島か」

見送りに出てきた中年の旗本を賢治郎はそう判断した。

「おい、いつもの奴を準備いたせ」

水島が奥へ向かって命じた。

「着替える」

一度水島が屋敷のなかへ戻っていった。

「出かける気だな」

しばらくして裃《かみしも》に着替えた水島が出てきた。

「いってらっしゃいませ」

家士に見送られた水島が、賢治郎の潜んでいる神田明神とは反対側へと進んだ。

主の出発からしばらくの間、表門は開けられ、家士たちが見送る。その前を通るわけにはいかなかった。

「まだか……」

じりじりしながら、賢治郎は表門が閉じられるのを待った。

「ようやくか」

灯籠の陰から飛び出した賢治郎は、早足になった。すでに水島の姿はかなり小さくなっている。

日は中天をこえ、傾き始めていた。

「お城へあがる気か」

水島の行き先を賢治郎は江戸城ではないかと推測した。

終生奉公の大奥女中は、親の死に目にもあえない。しかし、連絡をとれないわけではなかった。

大奥と表をつなぐお広敷をつうじて、手紙や物品のやりとりはできた。

「違う……」

内堀にあたった水島は、左に曲がるべきを右へ取った。

「どこへ行く」

水島の後をつけながら、賢治郎は混乱した。

堀沿いに進んでいた水島が、ひときわ大きな屋敷の門を潜《くぐ》った。

「あれは神田館」

水島の目的地を、賢治郎は悟《さと》った。

「綱吉さまか」

賢治郎は息を吞んだ。

第四章　刺客哀歌

一

順性院も桂昌院も、春日局の子飼いであった。ともに春日局によって見いだされ、家光の側室となった。

そもそも乳母《うば》である春日局が家光の閨《ねや》まで心配したのには理由があった。家光は男色家だったのである。

生まれたときから春日局へゆだねられ、多くの女中たちに傅《かしず》かれた家光である。女に興味をなくしても無理はなかった。

家光は己のお花畑番として選ばれた小姓たちに次々と手を出した。のちに老中となる松平伊豆守信綱《のぶつな》、阿部豊後守忠秋《ただあき》、堀田加賀守《かがのかみ》正盛も、家光の閨へ侍《はべ》ったおかげで、人もうらやむほどの出世をなした。

しかし、それは大問題であった。

男同士では子供ができない。

春日局にとって、家光は野望の大きな切り札であった。なんとしてでも家光を将軍にしなければならなかった。なればこそ、二代将軍秀忠、御台所《みだいどころ》お江与が溺愛《できあい》する三男忠長《ただなが》を将軍にしようと考えていたのを、阻止するため単身駿府《すんぷ》へ家康に会うため出かけたりもした。乳母としての役目を放棄して、勝手に江戸を離れたのだ。見つかれば死罪である。まさに命がけであった。

こうまでしてようやく家光を将軍にしても、春日局は安心できなかった。腹を痛めて産んだ吾《わ》が子の子孫たちを、鎌倉幕府における執権《しっけん》、北条《ほうじょう》家と同じような地位へ付けるためには、己の影響下にある家光の血筋が続いてくれなければ困るのだ。

春日局は、家光の興味を引くような女を探した。

そのなかに順性院と桂昌院がいた。

家光の側室となった二人には、いろいろな恩恵が与えられた。お部屋さまとして、多くの女中たちに傅かれる権威や、実家の出世などである。

二人にとって春日局は恩人であり、そして師であった。

春日局の薫陶《くんとう》を受けた二人は、やはり同じような考えを持つにいたっていた。吾が血筋による天下支配である。

順性院は綱重、桂昌院は綱吉と、家光の子を産んでいる。だが、不幸なことに嫡《ちゃく》男《なん》ではなかった。

家光の後は、嫡男である家綱が四代将軍を継いだ。

これは家光の裁定であった。

己が将軍継承で弟に負けかかった経験から、家光は家綱が生まれるなり嫡男と認定、四代将軍を継がせると明言した。

将軍の言葉に、逆らえる者はいない。

家光の死後、家綱の将軍継嗣《けいし》は、問題もなくすんだ。

なれど、それは順性院、桂昌院にとって、始まりでしかなかった。四代将軍は家綱であると家光によって決められたが、五代将軍については、何一つ決まっていない。

家綱が子をなす前に死ねば、その継承は弟である綱重、もしくは綱吉となる。

二人は、吾が子を将軍とするべく、あらゆる手段をとった。

もっとも二人は家光の死とともに、落髪《らくはつ》して大奥を出されてしまった。直接家綱へ手出しする機会を失った二人は、やむなく代理を使った。その一人が、大奥中臈の山吹であった。

直接家綱の命を狙《ねら》うため、お髷番《まげばん》の地位を順性院は欲した。

対して、桂昌院は家綱に娘を作らせ、その姫を綱吉に娶《めと》らせることで五代将軍の座を手にしようとした。

桂昌院はそのために子飼いの中臈山吹を使って、家綱へ側室を薦《すす》めさせていた。

「そうか、山吹の兄が来たか」

神田館で綱吉のご機嫌伺いをしていた桂昌院のもとへ、水島の来訪が告げられた。

「また頼みごとか」

桂昌院が、嫌な顔をした。

「はい。三田の九鬼が水島に願ったようでございまする」

綱吉側役《そばやく》の牧野成貞《まきのなりさだ》が述べた。

「九鬼……聞かぬ名じゃの」

小さく桂昌院が首をかしげた。

「戦国の伊勢《いせ》水軍の長だった大名でございまする。今は海のない三田を与えられておりますのでございまするが、それに不満を感じておるようで」

簡単に牧野成貞が説明した。

「困ったものよのう。山吹は使えるが、兄は愚物《ぐぶつ》じゃ。妹の権が、妾《わらわ》から貸し与えられたものだと気づいておらぬ」

「さようでございまする」

牧野成貞が同意した。

「いかがいたしましょうや」

「考えておくと申しておきや」

「はい。ではそのように」

桂昌院の言葉に、牧野成貞がうなずいた。

「それより、どうなっておるのだ。家綱さまにまだ女をあてがえておらぬようじゃが」

死したとはいえ、桂昌院にとって、上様と呼ぶのは家光だけであった。

「申しわけありませぬ」

牧野成貞が、詫《わ》びた。

「姫の生まれが遅くなればなるほど、綱吉さまと歳《とし》の差が開く。いかに形だけの婚姻とはいえ、あまり違いすぎると、文句をいう輩《やから》が出てこよう」

「はい」

「家綱さまの好みはどうなのであろう」

「あらゆる種類の女を用意したはずでございますが。色の白い女、細身の女、肉付きのよい女、背の高い女と」

「上様と同じであるのか、家綱さまは」

家綱は男色家かと桂昌院が問うた。

「御台所さまの元へおかよいになられておられまする。それに中奥で小姓の誰《だれ》かをお召しになったという話は聞きませぬ」

首を振りながら牧野成貞が告げた。

男色を好んだ家光は、気に入りの側室ができるまで、ほぼ毎夜寵臣《ちょうしん》に添い寝を命じていた。どころか、人がいるかいないかも気にせず、相手をさせていた。

「ならば、やはりお好みの女が見つかっておらぬだけよな」

「はい」

牧野成貞が首肯《しゅこう》した。

「御台所のもとへは行かれる……京女がよいのであろうか」

「手配いたしましょうや」

「任せる」

桂昌院が言った。

「承知致しましてございまする」

一礼して、牧野成貞が受けた。

賢治郎は、神田館からの帰路にあった。

「水島が神田館へ入ったということは、大奥中臈山吹には桂昌院さまの息がかかっている……」

家綱から命じられた結果ではあったが、あらためて大奥が敵であると知らされた。

「手の出しようがない」

男子禁制の大奥では、賢治郎になすすべはなかった。

「上様へご報告申しあげ、山吹を放逐《ほうちく》していただくしかない」

賢治郎は、己の無力さに意気消沈していた。

日は大きく西へ傾いていた。

門限が近いこともあり、道行く人は足早に過ぎていった。

「喰《く》らえ」

反対側から近づいてきた職人風の男が、手にしていた道具箱をいきなり賢治郎へと投げつけた。

「なにを」

とっさに賢治郎は後ろへ跳んで、かわした。地に落ちた道具箱が潰《つぶ》れ、いろいろなものが飛び散った。

「ふん」

職人風の男が、懐《ふところ》から匕首《あいくち》を出し、賢治郎を突いてきた。

「くっ」

身体《からだ》を開いて避《よ》けた賢治郎は、舌打ちした。

完全に後手《ごて》であった。

油断していた賢治郎は、刀を抜く間も与えられなかった。

「えいっ」

匕首が大きく振られ、賢治郎は身を反《そ》らせることで、空《くう》を斬《き》らせた。

「しゃっ」

職人風の男が匕首を振り回した。

「…………」

そのすべてをいなしたが、職人風の男の動きは、賢治郎になにもさせないほど素早かった。

「なにっ」

半歩下がろうとした賢治郎の足に、何かがあたった。

「しまった」

いつのまにか、最初に投げつけられた道具箱のところへ追いこまれていた。

「…………」

無表情だった職人風の男がにやりと嫌な笑いを浮かべた。

まき散らされた大工道具と、破壊された道具箱は、賢治郎の足場を完全に奪っていた。

「たいしたことないじゃないか」

職人風の男が口を開いた。

「今だ」

しゃべれば息が漏れる。人の身体というのは、息を吐けば力が抜ける。賢治郎はそれを隙《すき》と見て、脇差《わきざし》の柄《つか》へ手をかけた。

「これで百両」

匕首を職人風の男が、投げた。

「くっ」

太刀《たち》でも脇差でも、傾けただけで抜けてこないよう、鞘《さや》と刃《やいば》はきっちりと合わさっている。鞘走らせるには、その接合を緩《ゆる》めなければならない。鯉口《こいぐち》を切るというが、それなしに刃を出すことはできない。

賢治郎は腰を落としてかがんだ。

匕首が頭上をこえていった。

「死ね」

職人風の男が、地面に落ちていた玄翁《げんのう》を拾いあげ、殴《なぐ》りかかってきた。

「ふん」

小太刀の神髄《しんずい》は間合いのなさにある。太刀や槍《やり》と戦うには、その刃の下へ身を置かなければならないのだ。腰を落としてからが、小太刀の真価は発揮された。

屈《かが》んだままの姿勢で、賢治郎は鞘ごと抜いた脇差を突き出した。

振り下ろすより突き出すほうが早い。

「ぐえええええ」

脇差の石突きが、職人風の男の鳩尾《みぞおち》を破った。

鳩尾をやられては息ができなくなる。

職人風の男が、腹を押さえて背を丸めた。

「…………」

無言で賢治郎は脇差の鍔《つば》で職人風の男の頭を叩《たた》いた。

「ぎゃっ」

苦鳴《くめい》をあげて、職人風の男が気を失った。

「なりふり構わぬやり口か」

立ちあがった賢治郎は、あたりを見回して息を吐いた。

散らばった大工道具は、どれもが凶器たり得た。

「得物《えもの》を遠慮なく使い捨てられるか」

賢治郎は感心した。

剣客ばかりと戦ってきた賢治郎にとって、初めての泥臭い殺し合いは衝撃であった。

「胃の腑《ふ》を破った。三日と生きられまい」

倒れている職人風の男へ、痛ましいまなざしを一瞬向けて、賢治郎は踵《きびす》を返した。

「愚かな。失敗したか」

一筋ほど進んだところで、ふたたび賢治郎は足を止めさせられた。

「なにやつ」

賢治郎は躊躇《ちゅうちょ》なく脇差を抜いた。

「金の独《ひと》り占《じ》めなどを考えるから、死ぬことになる」

賢治郎の行く手を遮《さえぎ》ったのは、浪人者であった。

「吉原の遊女を身請《みう》けする。刺客が女を囲ってどうするというのだ。人の命を奪うのが仕事の刺客がなにかにこだわる。人がなによりこだわる命を断っておきながら、その金で、女に執着するなど、矛盾もはなはだしい。そうは思わぬか」

浪人者が同意を求めた。

「あやつの仲間か」

「仲間というわけではないな。一緒にと言ったのを無視して、一人でやったのだ」

感情のない声で、浪人者が答えた。

「顔見知りではある。そして、同じ仕事を引き受けた」

浪人者が左足を前に、腰を落とした。

「居合か」

賢治郎は気づいた。

居合の極意は、鞘内にて勝負を決することである。刀を抜く前に勝負が付いている。すなわち、ときの利、地の利などすべてを整え、必勝の形をとるとの意味であった。

ときの利とは、いつ勝負を挑むかであり、これは完全に襲撃側にあった。

そして地の利とは、どこで襲えば有利かということである。日の高さ、周囲の障害物の有無《うむ》、足場となる地面の状況など、己にとってつごうのよいところを選べれば、勝利は大きく近づく。

その両方を、賢治郎は相手に奪われていた。

「参ろうか。三郎太《さぶろうた》をいつまでも放置しておくわけにもいかぬでな」

じりじりと、浪人者が間合いを詰めてきた。

小太刀にとって居合は、槍ほどではないが、難しい相手であった。居合の一刀の疾《はや》さも脅威であったが、なにより、腰を落とした低い位置からの抜き付けが問題であった。

相手の刃の下をくぐれないのだ。こちらの間合いに入れなければ、小太刀に勝ち目はなかった。

「…………」

賢治郎は、脇差を下段に構えた。

「小太刀をか。なかなか遣うようだな」

浪人者がほめた。

「腰のすわりがいい」

「…………」

相手にならず、賢治郎は無言を続けた。

間合いが二間《けん》（約三・六メートル）になった。

「はっ」

鋭い気合いとともに、浪人者が腰をひねって太刀を鞘走らせた。

「つうう」

賢治郎は後ろへ跳んで逃げた。

「逃がすか」

太刀の勢いにのって浪人者が追いすがり、次撃を薙《な》いできた。

「なんの」

脇差の峰《みね》で賢治郎は太刀を受けた。

居合抜きの一刀は、抗《あらが》わざる勢いを持っている。脇差で受ければ、刀身ごとたたき割られかねない。しかし、一度抜いてしまえば、居合の威力は失われた。

「ちっ」

舌打ちした浪人者が、太刀を引いた。

「重い」

脇差をつうじて腕までしびれが伝わっていた賢治郎は、追い撃ちをかけられなかった。

「思った以上にやるなあ」

ふたたび太刀を鞘へ戻した浪人者が、感心した。

「三郎太一人じゃ、荷がかちすぎだ」

浪人者が、ゆっくりと腰を落とした。

「今度は外さぬ」

つま先で擦るように浪人者が間合いを詰めてきた。

「思ったより遅い。十分に見切れた。見切られた居合など小手先の技でしかない」

脇差の切っ先を左足の前へ下げて、賢治郎は嘲笑《ちょうしょう》した。怒りは、身体に余分な力を入れ、筋を硬くする。硬くなった筋から神速の技は生まれない。

「そうか」

賢治郎の挑発を浪人者が、あっさりと流した。

「行くぞ」

潮が満ちた。

「はあっ」

先ほどより早い一撃が、賢治郎の左脇腹目がけて出された。

「つうっ」

左足を引いて半身となった賢治郎は、わざと右脇腹を前へ出した。

「……えっ」

浪人者が驚きの声をあげた。

「おう」

脇差から離した右手で、太刀を突き出し、その柄で賢治郎は受けた。

太刀の柄は割れたが、浪人者の一刀は中子《なかご》に止められた。

銘などをうつ中子は、太い鍛鉄《たんてつ》の固まりである。太刀行きの疾さも力となる居合とはいえ、断ち切ることはできなかった。

「こいつ」

思いも寄らなかった対応に浪人者が戸惑った。

「ぬん」

賢治郎は左手一本で支えていた脇差を斬りあげた。

「なにっ」

あわてて避《よ》けようとした浪人者だったが、わずかに遅れた。賢治郎の脇差が、浪人者の右足を削《そ》いだ。

「つううう」

大きく浪人者が後ろへ下がった。

「痛いなあ。何年ぶりだろうか、傷を受けたのは」

ちらと浪人者が、傷を見た。

「浅かったか」

賢治郎は、舌打ちをした。

居合の一撃を止めたおかげで、賢治郎の重心が浮いてしまったため、十分な重さを脇差へ与えられなかった。

「百両では、安かったな」

浪人者がつぶやいた。

「この傷を治すまで、次の仕事を受けられぬ。なにより、傷を癒やすために湯治にも出かけなければならぬ。足が出るとまでいわぬが、儲《もう》からぬ仕事だ」

三度、浪人者が太刀を鞘へしまった。

「これで決める」

浪人者が宣した。

「次は逃がさぬ」

賢治郎も決意した。

二度居合を防げたとはいえ、三度目があるとは限らない。

左足を少し踏み出し、切っ先を右足のつま先へ擬《ぎ》した。

「代わり映えのせぬ構えだ」

小さく笑いながら、浪人者が肩をほぐすように両手を大きく振った。

「参る」

浪人者が居合の構えに入った。

今度は、賢治郎も待たなかった。自ら足を小刻みに動かし、間合いを詰めた。

居合相手の小太刀はどうしても、後《ご》の後《ご》を狙うしかなかった。相手に一撃を出させ、それをいなすか、かわすかした後、こちらから斬りかかる。相手より早く撃ち出す、先《せん》の先《せん》、相手の出先を抑えて一刀を加える後の先は、居合の疾さ、重さの前では、使えない。

後の後しかないとはいえ、こちらの間合いに入っていなければ、痛撃を与えられない。賢治郎は、捨て身になるしかなかった。

「…………」

二人の緊張が高まった。

一触即発となった二人が、動く寸前、邪魔《じゃま》が入った。

「きゃあああ」

黄色い叫び声が二人の注意をそらせた。

「女」

「馬鹿な」

浪人者と賢治郎は同時に闖入者《ちんにゅうしゃ》の姿をとらえた。

二人が争っている辻《つじ》へつながる一本の路地から、若い娘が偶然出てきたのであった。

「ひいいいい」

娘の悲鳴が、引き金になった。

同時に二人とも前へ出た。

「りゃあああ」

「おうやあ」

浪人者が居合を放ち、賢治郎は脇差を中天へとあげた。

「ふっ」

存分に手を振り切った浪人者が、残心《ざんしん》の構えを見せながら満足げに笑った。

「はああ」

振りあげた脇差を賢治郎は止めず、そのまま斬り落としに変えた。

「どうして……」

鎖骨を割られた浪人者が絶句した。

「いかに神速の居合でも、太刀がなければ意味はない」

賢治郎は懐から出した鹿の裏革で脇差を拭《ぬぐ》った。

「……太刀がない……あああ」

己の手を見た浪人者が絶句した。

浪人者の両手が手首からなくなっていた。

「手、手は……」

浪人者が腰を見た。

腰には、両手首が付いたままの太刀があった。

居合抜きが出る寸前、賢治郎の脇差が浪人者の両手首を払ったのだ。

「ああ、あああ」

絶望の苦鳴を最後に、浪人者が崩れた。

「いかに疾くとも、三度も見せられれば対応できる。とくに出が読めればな」

拭い終わった脇差を鞘へと戻しながら、賢治郎は述べた。

「あああああああ」

浪人者には賢治郎の言葉は届いていなかった。

「ひっ、人殺し……」

後ろから女が言った。

「違いはないが……」

振り向いた賢治郎は、五間（約九メートル）先で腰を抜かしている娘へ告げた。

「旗本深室賢治郎である。不意に襲われたゆえ、討ち果たしただけである。そなたは、大事はないか」

「お、お旗本さま」

娘が少し落ち着いた。

「立てるか」

不安がらせてはいけないと賢治郎は、二間（約三・六メートル）ほど離れたところで止まった。

「それが……」

恥ずかしそうに娘がうつむいた。

「腰が抜けたようになってしまいまして」

「無理もない」

斬り合いを見るだけでも驚くであろうに、血が噴き出しているのを目の当《ま》たりにしたのである。若い女が立てなくなるのも無理はなかった。

「娘、このあたりの者か」

「いいえ。少し先の日本橋茅場町でございまする。叔母《おば》のところへ行った帰りに……」

首を振った娘があらためて震えた。

「それは不幸なことであったな」

賢治郎は娘を怖がらせないよう、ゆっくりと近づいた。

「手を貸そう」

右手を差し出した。

「そんな、お武家さまのお手につかまらせていただくなど……」

娘が遠慮した。

「かといって、このまま座っているわけにもいくまい」

「……はい」

ちらと浪人者へ目をやって、娘が小さくうなずいた。

「つかまるがいい」

「畏《おそ》れ入りまする」

娘が賢治郎の右手を握った。

「引っ張るぞ」

力を入れて賢治郎は娘を引き寄せた。

「ひゃあ」

娘が驚きの声をあげた。

「おっと」

力余ったのか、思ったより軽々と娘が立ちあがり、勢いのまま賢治郎の胸へ飛びこむ形になった。

「これは……」

若い女独特の匂《にお》いと柔らかさに賢治郎は慌《あわ》てた。

「ご無礼を」

急いで娘も離れようとした。

「くっ」

賢治郎は娘を突き飛ばした。

「あっ」

ふたたび娘が転んだ。

「くそっ」

娘が吐き捨てた。娘の手には薄く光る刃物があった。

「なぜわかった」

「身体が固くなっていなかったからな。人の斬られるところを見せられて、そのうえ、男の胸に抱かれたのだ。普通の女なら身を守ろうとして固くなる。しかし、おまえは柔らかかった。いつでも動けるよう、身体の力をうまく抜いていた」

賢治郎は教えた。

「そいつはいい勉強になったよ。次からは気をつけるとするよ」

娘の口調が変わった。

「次はあるまい」

すばやく賢治郎は脇差を抜いた。

「あの浪人者が言っていた。人を殺す生業《なりわい》をしているとな。おまえもそうなのだろう」

「ふん」

鼻先で娘が笑った。

「猪《いのしし》や狼《おおかみ》を捕る猟師とどこが違うのさ。獲物が人に変わっただけ。どっちも金のため」

娘がうそぶいた。

「そうか」

賢治郎はするするとすり足で間合いを詰めた。

「なんだい、気味の悪い」

あわてて娘が刃物を構えた。

近づいてよく見ると娘の得物は、槍の穂先を薄く削いだような先のとがった両刃の薄い刃物であった。

「女を斬る気かい」

娘がさげすむような目で見た。

「新しい命を産むのが女だ。人の命を奪う者を女とは言わぬ」

感情を消して賢治郎は宣した。

「ほ、本気かい」

「…………」

「た、助けて……二度と狙わないから」

震えながら娘が願った。

「手遅れだ」

「ひっ」

背を向けた娘の右肩を賢治郎は突いた。

「ぎゃっ。本当に斬りやがった」

転びながら娘がわめいた。

「右手の筋を断った」

ふたたび脇差を拭いながら、賢治郎は告げた。

「う、腕が動かない」

言われた娘が愕然《がくぜん》とした。

「な、なんてことをしてくれる」

「命があるだけよいと思え」

賢治郎は、脇差をしまうと背を向けた。

「覚えてやがれ。この借りは必ず返すよ」

去っていく賢治郎へ、娘が捨《す》て台詞《ぜりふ》を吐いた。

「失敗した刺客に、やさしさはかけられるのか」

賢治郎は振り向きもしなかった。

「あっ……」

娘が声を失った。

二

門限には間に合わなかったが、家綱の御用であるとのことで、賢治郎は作右衛門の叱責《しっせき》を免《まぬが》れた。

しかし、三弥の追及は厳しかった。

「刀の柄が折られておるようでございまするが」

作右衛門のもとから自室へ戻るのを、三弥が待っていた。

「転んで……というごまかしはききませぬな」

「もちろんでございまする」

三弥が首肯した。

「刺客の一撃を受け止めたおりに」

正直に賢治郎は語った。

「お髷番とはそれほどに危険なお役目なのでございまするか」

「わかりかねまするが……」

「仰《おお》せられませ」

ためらった賢治郎へ、三弥が命じた。

「身に寸鉄を帯びることも許されぬ御座の間で、唯一刃物を持つことができる。それがお髷番なのでございまする」

「どういうことでございましょう」

首をかしげて三弥が訊《き》いた。

「剃刀《かみそり》を持って、上様《うえさま》の後ろへ回ることができる」

静かに賢治郎は述べた。

「まさか、上様のお命を」

「はい。狙う者にとって、お髷番ほどつごうのよい役目はございますまい」

はっきりと賢治郎はうなずいた。

「上様のお命を狙うなど、謀反《むほん》に等しい罪。見つかれば、己だけでなく、一族郎党が罰せられましょう」

「はい」

「なのに、上様のお命を狙うなど、理にあいませぬ」

三弥が言った。

「お賢い」

賢治郎は三弥を見直していた。

「からかわれるのは、いやでございまする」

三弥がすねた。

「そうではござらぬ。心底感心いたしておりまする」

手を振って賢治郎は否定した。

「言われるとおり、お髷番となれば、ご無礼ながら上様のお命を害し奉《たてまつ》ることは容易でございまする。しかし、御座の間は、その周りを小姓、小納戸、小姓番が取り囲んでおり、逃げ出すなどできませぬ。上様のお命をちょうだいするということは、己の死に直結いたしておるのでございまする」

「命を代償にしても、上様を害し奉りたいと恨む者。あるいは……誰かが後ろで糸を引いている」

賢治郎の説明で、三弥がさとった。

「おそらく後者。でなければ、これほど続けて刺客を送り続けることはできませぬ」

「お目付さまへお話しして、捕らえてもらえばよろしいのでは」

「証《あかし》がございませぬ」

難しいと賢治郎は否定した。

「上様のお命にかかわることを軽々に口にするなと、お叱《しか》りを受けるだけでございましょう」

「それは……」

三弥が詰まった。

目付は旗本の生死を握っている。名前を覚えられるだけでも、まずいのだ。少しでも疑いをかけられれば、その強権をもって、処されかねない。

「では、なにも手が打てぬと」

「今のところは。ですが、いつか必ず」

決意を賢治郎は見せた。

「命を粗末になさるものではありませぬ」

眉《まゆ》をひそめて三弥が言った。

翌朝、賢治郎の報告を聞いた家綱が嘆息した。

「やれ、うかつに女も抱けぬな」

「お察しいたしまする」

賢治郎は、慰めた。

「しかし、困ったの」

「なにがでございましょう」

月代《さかやき》をあたりながら、賢治郎は訊いた。

「側室のことよ」

家綱が続けた。

「御台に月の障《さわ》りがないかぎり、ここ数カ月許すかぎり臥所《ふしど》を共にした。なれど、懐妊する様子はまったくもってない」

「そのようなことは。上様も御台さまもまだお若いのでございますれば……」

「月のものが来たそうだ」

賢治郎を家綱が制した。

「しばし褥《しとね》を遠慮すると、昨日大奥から報《しら》せがあった」

「……………」

「もともと顕子は蒲柳《ほりゅう》の質じゃ。月のものも重いという」

気遣うような口調で家綱が述べた。

「できれば、顕子との間に男子が欲しかった。さすれば、何はばかることなく、その子へ将軍の座を渡してやれる」

正室の子供が側室腹より優先されるのは決まりであった。かの織田信長も三男ながら、兄二人の母が側室であったことで、織田家の跡取りとなった。

「神君家康さまによって、長子相続と幕府は決められた。もっとも、明文化はされておらぬ。ただ、神君が、我が父家光さまを跡継ぎと指名された。それだけが根拠であるがな。しかし、それは、家光さまも忠長も同じく正室お江与の方さまから生まれたからじゃ。もし家光さまが、側室腹であったならば、いかに長子であっても、徳川の家督は正室が産んだ忠長へと行ったであろう」

叔父《おじ》とはいえ、忠長は罪人であった。罪人に敬称はつけない。家綱は忠長を呼び捨てにした。

「上様……」

「なればこそ、躬《み》は顕子に子を産んで欲しかった。しかし、顕子の身体が出産に耐えられぬとなれば、話は別じゃ」

辛《つら》そうに家綱が話した。

「躬に子がなければ、世が乱れる」

「そのような……」

「ないと言えるか、賢治郎」

「……………」

見つめられて、賢治郎は黙った。

「躬に子がなければ、五代の座は、綱重となる」

家綱は綱吉の名前を出さなかった。

「順性院と桂昌院では、出に差はない」

「はい」

賢治郎は同意した。

綱重の母順性院は、家光の正室鷹司信房《たかつかさのぶふさ》の娘本理院《ほんりいん》が関東へ下向するときに、供としてついてきたお末であった。

対して綱吉の母桂昌院は、鷹司家の家宰本庄《ほんじょう》家の娘となっているが、そのじつは、本庄宗利《むねとし》の後妻の連れ子である。実父は京の八百屋仁左衛門であった。

ともに京の出身で、身分も町人と変わりない。こうなれば、生まれた子供の長幼が相続を決める。

「だが、これがかえってよくないのだ」

小さく家綱が首を振った。

「あからさまな差があれば、まだ世間も納得する。しかし、生母の格に差がなければ、英邁《えいまい》な弟こそ徳川を継ぐべきだという輩がどうしても出てくる」

「…………」

正室から生まれた兄と側室腹の賢治郎の間でさえ、家督相続の問題はあったのだ。生母に差がなければ、歳の差だけで納得するはずはなかった。

「悪いことに、綱重は学問を嫌い、綱吉は好む。対して、綱重は遠乗りや鷹《たか》狩りを得てとし、綱吉はあまり外へも出ぬ。これが戦国ならば、綱重こそ徳川の当主として、誰も文句を言わなかっただろう。なれど、今は泰平の世。将軍に求められるのは、弓矢の技ではなく、経世の知。綱重より綱吉がふさわしい。もっとも昨今は綱重も学問のまねごとをしておるらしいがな」

「…………」

相づちを打つことさえはばかられて、賢治郎は沈黙した。

「わかるか。徳川が二つに割れかねぬことが」

「はい」

賢治郎は同意するしかなかった。

「躬が綱重に譲ると遺言《ゆいごん》してもよいかも知れぬ。だが、それでも綱吉へ期待をかけた者たちは、納得せぬ。不満を抱《いだ》いて、雌伏《しふく》することとなる」

「仰せのとおりでございましょう」

「それを防ぐには、躬の子が要《い》る」

「是非に」

「御台が産めぬなら、誰かに産ませるしかない。躬も側室が入り用だとはわかっておる。そして、大奥の中臈《ちゅうろう》たちが、己の息のかかった者を薦めようとしておることもな」

　苦い顔で家綱が述べた。

「大奥へ入るたび、見目麗《みめうるわ》しい若い女が、小座敷茶係として控えておるのだ。その者が煎《い》れた茶を飲んだだけで、お気に召したと勘違いされ、その夜の閨へその者を押しこんで来かねぬ」

　家綱が小座敷で茶を飲まない理由はそこにあった。

「畏《おそ》れ入りまする」

　苦労している主君をねぎらう言葉を賢治郎は持っていなかった。

「しかし、子を作らねばならぬ」

　きっぱりと家綱が宣した。

「半年と区切る。賢治郎、綱吉を祭りあげようとしている連中を引かせるようにいたせ」

「そのような大任、わたくしごときでは務まりかねまする」

とんでもないと賢治郎は断った。

相手は将軍の弟で、先の将軍家光の息子なのだ。六百石の婿《むこ》養子でしかない賢治郎では、会うことさえ難しい。

「水島を探《さぐ》ったように、綱吉の傷を探せ。それをもって、神田を抑える」

はっきりと家綱が命じた。

「はっ」

賢治郎は引き受けざるを得なかった。

三

任を終えて、賢治郎は下部屋で一人考えこんだ。

「綱吉さまの失点を探すなど無理だ」

どう考えてもできそうになかった。将軍の弟を抑えこむだけの材料となれば、当然政《まつりごと》に大きくかかわってくる。それに領地を与えられ一個の藩となった館林へ、手を出すのは大目付の職権を侵すことにもなる。

大名の監察を任とする大目付は、旗本のあがり役であった。長く番方を務め、数年で隠居する三千石内外の名門旗本へ栄誉代わりに与えられた。それほどの人材である。幕府のなかに大きな繋《つな》がりを持っていて当然なのだ。それを敵に回せば、家綱の庇護《ひご》があろうとも、無事ではすまなかった。

「伊豆守さまにお願いするしかない」

困ったときの神頼みではないが、賢治郎には松平伊豆守を頼るしか思いつかなかった。

酒井雅楽頭忠清、稲葉美濃守正則ら若い老中たちから、煙《けむ》たがられた先代の寵臣は、老中次席という名誉職にまつりあげられるかわりに実務を取りあげられ、一人下部屋で無聊《ぶりょう》をかこっていた。

「ご免を」

「その声は、深室か。入れ」

襖《ふすま》ごしにもかかわらず、松平伊豆守がすぐに気づいた。

「ご無礼を」

賢治郎は、下部屋へ入った。

部屋としての大きさでいけば、小納戸下部屋のほうが大きい。しかし、老中だけは個別に与えられており、許しがないかぎり誰も入ってはこなかった。

「さっさと閉めろ。愚か者が」

厳しい声で松平伊豆守が叱《しか》った。

「誰に見られているか、わからぬであろうが」

「申しわけございませぬ」

松平伊豆守の言葉に、急いで賢治郎は襖を閉めた。

「どうした」

挨拶《あいさつ》も無駄だと松平伊豆守が用件を問うた。

「…………」

賢治郎はためらった。松平伊豆守にしか相談できないことではあったが、家綱の命《めい》を話してよいか迷った。

「帰れ。肚《はら》も据わらぬままで来るな。邪魔だ」

冷たく松平伊豆守が手を振った。

「申したはずだな。上様の御用を承《うけたまわ》るならば、それだけの覚悟を決めよと。まだできてもおらぬならば、さっさと退け。養家への面目と申すならば、どこか適当な役目をくれてやる。二度と上様にかかわることのないところへ飛ばしてくれよう」

あきれたように、松平伊豆守が堀田備中守と同じことを言った。

「一つお聞かせいただきたいことがございまする」

松平伊豆守の話には応えず、賢治郎は問いかけた。

「なんだ」

「伊豆守さまにとって、家光さまのお子さまがたは格別」

「そうじゃ。吾が子よりたいせつだ」

一瞬の迷いもなく、松平伊豆守が答えた。

「お三方ともに同じでございましょうや」

「ふむ」

松平伊豆守が、じっと賢治郎を見つめた。

「綱重さまか、綱吉さまか……綱吉さまだな」

「えっ」

的を射られた賢治郎は驚愕《きょうがく》した。

「……無理もないか。余《よ》も深室ほどの歳ごろでは、同じであった。よく大炊頭《おおいのかみ》どのから叱られたものだ」

懐かしむような顔を松平伊豆守がした。

大炊頭とは、二代将軍秀忠の治世を支えた名宰相土井《どい》大炊頭利勝《としかつ》のことである。

「天下と共に土井大炊頭を譲る」

秀忠が家光へ将軍職を継がせるにあたって、こう言ったといわれるほど、土井大炊頭は重用されていた。

徳川家康の落胤《らくいん》ともいわれた土井大炊頭は、家光の治世初期を支え、松平伊豆守や阿部豊後守らを育てた。

晩年、執政《しっせい》の座を引き、余命幾《いく》ばくもないと悟ってからも、酒井雅楽頭忠勝を病床へ呼んで、厳しく行状を咎《とが》めたなど、終生徳川へ尽くした。

「一つの事象を得たならば、いくつもの方向から、それを考えよ。大炊頭どのの教えじゃ」

「はあ」

まだ理解できない賢治郎は、曖昧《あいまい》な返答をするしかなかった。

「おいおいわかればいい……こう言ってやりたいが、上様の御用を承るおぬしには、その余裕は与えられぬ」

ふたたび峻厳《しゅんげん》な表情に戻った松平伊豆守が述べた。

「なぜ余が綱吉さまのこととわかったか、教えてやる」

「お願いいたしまする」

すなおに賢次郎は頭をさげた。

「まず、深室が家光さまのお子さま方のことを口にした。つぎに、どのお子さまも同じかと問うた」

「はい」

「家光さまのお子さま、若君に限らせていただくが、三人おられる。そのお一人の上様は、当然ながら別格である。となれば、残る二人が問いかけの真意だとわかる。綱重さまと綱吉さまだ」

「…………」

賢治郎は聞き入るしかなかった。

「少し話は戻るが、深室が余を訪ねてくるのは、いつも上様の御命を受け、どうしてよいかわからぬときだ」

「恥じ入ります」

肩をすくめて、賢治郎はうつむいた。

「上様からの御命は、綱重さまか綱吉さまにかかわることと、これでわかる。そして、今上様にはお世継ぎさまがおらぬ。大奥がなにかと動いておるようじゃが、まだ上様は手を出されておられぬ。そして上様は、今、御身《おんみ》に何かあれば、五代将軍の座は次弟綱重さまと考えておられる。長幼で継続の順を決める。これは神君家康さまが決められた不文律。上様といえども変えることは難しい」

「はい」

「そこへご兄弟の話と来れば、後を譲るつもりの綱重さまではなく、もうお一人の綱吉さまじゃと推測は容易である」

「畏れ入りましてございまする」

賢治郎は感嘆した。

「でなにがあった」

「じつは……」

経緯を賢治郎は語った。

「なるほど。水島という男は知らぬが、妹の権威にすがっていろいろしておる小者《こもの》だな」

聞き終わった松平伊豆守が、つぶやいた。

「館林を抑えるならば、水島をつつくのが早道であろう」

「水島をつつく……」

「ああ。水島が今回なにを頼まれて動いたのか、まずそれを知らねばならぬ」

松平伊豆守が述べた。

「ですが、どうやって」

「水島の屋敷へ忍びこむという手もあるぞ」

試すように松平伊豆守が言った。

「あいにく、わたくしに忍《しのび》の心得はございませぬ」

「まともに返してきてどうするのだ。深室に忍の素養がないことなど、端《はな》からわかっておるわ。どうすればいいのか、別の案を考えよ」

松平伊豆守が、嘆息した。

「別の案……」

「水島がどのようなことを九鬼から頼まれたのか、それはわからぬ。だが、館林さまへ話を持ちかけたというならば、九鬼の望みをかなえるには、それ相応の力が入り用じゃとわかろう。それほどとなれば、幕府役人の誰かが動かねばなるまい」

「その御仁《ごじん》を見張ると」

「できるものならばな」

あざ笑いを松平伊豆守が浮かべた。

「そなた非番の日も登城して目立たぬとでも思っておるのか」

「あっ」

賢治郎は息を呑《の》んだ。

「まったく松平多門は、なにも教えなかったようだな。三千石の旗本ともなれば、幕政へ参加することも多い。そのためにおぬしをお花畑番として上様のお側へあげたのだろうに」

「…………」

亡き父のことを言われて、賢治郎は黙った。

「もっともおぬしに行かなかったぶんも、兄が受け継いだようだな。あちこちへ顔を出し、繋ぎをつくっておる。主馬こそ、三千石の当主にふさわしい」

わかっていて松平伊豆守が、告げた。

「御上でなにかあるには、どうしても入りようなものがある。それがなにかわかるか」

「どうしても入りようなものといえば、上様のご裁可」

「それもだ。だが、その前になにがある」

「執政衆の合議」

さらに問われて、賢治郎は答えた。

「まったく、鈍い。合議するには、その内容を記した書付《かきつけ》が要るであろうが」

「右筆《ゆうひつ》」

「そうじゃ」

松平伊豆守が首肯した。

「ですが、右筆の部屋に入り、見張るなど無理でございまする」

各役目から持ちこまれた書付を処理する右筆部屋は、出入りする者が多い。入りこむのは難易ではないが、居続けるのは目立ちすぎた。

「そんなおろかなまねはせぬ」

立ちあがった松平伊豆守が、背後の文箱《ふばこ》を開けて、なかから数枚の書付を取り出した。

「見るがいい」

「拝見つかまつりまする」

賢治郎は受け取った。

「これは……」

「それは、毎日右筆部屋から届けられる写しじゃ」

こともなげに松平伊豆守が口にした。

「どうやって……」

内容を読んだ賢治郎は絶句した。

渡された書付は、すべて右筆部屋から出される文章の写しであった。

「追い出されたとはいえ、この身は筆頭老中だったのだぞ。右筆部屋におる者など、皆、余が引きあげてやったのだ」

「…………」

大きく賢治郎は目をむいた。

「それにな。役人どもは、あらたに執政となった小僧どもでは、政が回らぬと気づいておる」

淡々と松平伊豆守が語った。

「これらは、御用部屋へ送られる前に、余のもとへ届けられる。そして、余が許したものだけが、右筆部屋へ戻され、あらためて御用部屋へと回るのだ」

「では……」

松平伊豆守が、暇に見えていたのではなく、そう見せていたのだと賢治郎は悟った。

「先の上様より、家綱さまのことを頼まれたのだぞ。いかに御用部屋から追い出されたとはいえ、何もせずというわけにはいかぬ。余には、死後先の上様へ、家綱さまのことをご報告申しあげる義務があるのだ。そのとき、家綱さまの治世はよいものでございまするると報告せねばならぬ。そのためなら、余はなんでも使うぞ」

決意をもって松平伊豆守が宣した。

「今朝方《けさがた》回ってきた書付に九鬼家のものはなかった。まあ、昨日の今日では、いくらなんでも無理だろうが」

賢治郎の手から書付を取り返し、松平伊豆守が文箱へとしまった。

「お願いできましょうや」

両手を突いて、賢治郎は頼んだ。

「上様の御命じゃ。したがおう」

松平伊豆守が首を縦に振った。

「かたじけのうございまする」

一礼して下部屋を出ようとした賢治郎へ、松平伊豆守が声をかけた。

「あまり簡単にここへ来るな。余と深室の間に、なにかがあると考える奴《やつ》が出てくる。用があるならば、夜にでも屋敷へ参れ。用人《ようにん》には伝えておく」

「承知いたしましてございまする」

もう一度頭をさげて、賢治郎は下部屋を出て行った。

「……人を疑うことを知らぬというのは、ほめられた素質だろうが……政においては致命傷となる。右筆どもが、かつての恩だけでこれだけのことをしてくれると思うのか。余がそのためにどれだけの対価を支払っておるか。それだけではない。すでに噂《うわさ》は走っておるのだ。深室が、余とつうじておるとな。遠くない未来、噂は真実の刃となって襲い来るであろう。それを切り抜けられぬようであれば、深室、そなたを上様の側に置いておく理由はなくなる」

松平伊豆守が冷徹な目でつぶやいた。

噂は賢治郎の兄、主馬の耳にも届いていた。

「めでたいことよな」

寄合旗本松平主馬は、城中に与えられた席で話しかけられた。

「なにがでござる」

無役と同義である寄合ではなく、ふさわしいだけの役職を得たいと考えている主馬は、にこやかに応対した。

「貴殿の弟どののことよ」

「……弟でございまするか」

一瞬の間を作ったとはいえ、頬《ほお》をゆがめることなく主馬が問い返した。

「おお。御殿坊主から聞いたのだが、伊豆守さまとずいぶん親しくしておるようではないか。伊豆守さまは、勝手務めを許された半隠居の身ながら、いまだ老中次席にあって、上様の御信任も厚い。旗本の一人や二人、取り立てることなど簡単であろう。いや、なかなかよいところに目を付けられた」

話しかけた旗本が、述べた。

「よいところでございますか」

「であろう。今の執政衆、稲葉美濃守どの、酒井雅楽頭どののもとへは、数百の旗本が誼《よしみ》をつうじるべく日参しておる。つまり、それだけの相手を押しのけて、お目にとまらねばならぬのだ。対して、伊豆守さまのもとへ、集まる者など、今はおらぬ。いわば、貴殿の弟どのが、独壇場《どくだんじょう》」

「………………」

主馬が沈黙した。

「深慮遠謀に、感じ入りましたぞ」

ひとしきり語って、旗本が去っていった。

「賢治郎めが」

一人になった主馬の顔つきが変わった。

「すでに終わった伊豆守ごときに尾を振るなど……」

手のひらが白くなるほど、主馬が拳《こぶし》を握りしめた。

「これから出世される堀田備中守さまを阻《はば》む伊豆守につくなど、余の足を引っ張るにもほどがある。深室へ捨てず、殺しておけばよかったわ」

主馬が吐き捨てた。

堀田備中守と松平伊豆守の確執は有名であった。

「いかに父が家光さまへ殉《じゅん》じたとはいえ、領地を返上し、世捨て人になるような不忠な兄を出した。領地返上は、家臣から上様へ絶縁状を差し出したに等しい。これほどの不忠をなした者の弟を幕政で重用するなど、矛盾もはなはだしい」

かつて、まだ老中首座であったころ、稲葉美濃守から出た推薦を松平伊豆守が蹴《け》った。ために堀田備中守はいまだ奏者番のままで、寺社奉行にさえなれていなかった。

「備中守さまのご器量をわからぬ頑迷な老人に、すり寄るとは、ものが見えぬにもほどがある。かつての栄華を失った伊豆守など、沈みゆく船。そのようなものへすがったところで、溺《おぼ》れるだけ。いや、下手をすれば本家である余まで水に濡《ぬ》れかねぬ。まったくできの悪い弟を持つと苦労する」

憎々しげに言った主馬が、立ちあがった。

「備中守さまへ、弁明をいたしておかねば、余まで伊豆寄りと思われては心外じゃ」

主馬は目についた御殿坊主へ、堀田備中守との面談を希望した。

「うかがって参りまする」

金代わりの白扇を受け取った御殿坊主が喜々として駆けていった。

「今は手が離せぬゆえ、今宵《こよい》屋敷までご足労願いたいとのことでございました」

「あいわかった」

役目を持っている者が無役に比して忙しいのは当然であった。

戻ってきた御殿坊主から伝えられた主馬は、承知するしかなかった。

四

武家の門限は暮れ六つと決まっているが、顕職《けんしょく》にある者のもとへ参集する大名や旗本にはかかわりなかった。

免責されているわけではない。ただ、目こぼしされているだけである。なにせ、咎めをおこなう側である大目付や目付が、その役を得るまで、同じように有力者のもとへ日参していたのだ。だめだと言えるはずもなかった。

「堀田備中守さまの上屋敷へ参る」

暮れ六つ前に松平主馬は、屋敷を出た。

三千石ともなれば、家臣の数も五十名に近くなる。出歩くにも駕籠《かご》をしたて、前後を供侍に守らせ、槍持ち、挟箱《はさみばこ》持ち、草履取《ぞうりと》りなどを従えなければならない。行列に近い人数を引き連れて江戸の町を移動するのだ。目立たないはずはなかった。

「松平主馬は、備中守へついたか」

すれ違った大名や旗本が、つぶやく。

家によっては、誰がどこの屋敷へ入ったかを見張る役目を設けているところもあるほどであった。

「松平主馬でございまする。備中守さまへご面談願いたく」

「承っておりまする」

閉じられていた大門が開かれた。

当主か格上の者の来訪でなければ、開かれない大門を使わせることで、備中守は松平主馬を賓客として遇していると伝えたのだ。

「御駕籠のまま玄関へ」

出迎えた用人が、駕籠から降りようとした主馬を止めた。

「畏れ入る」

主馬は恐縮した。

「主《あるじ》は奥にてお待ちいたしております る。どうぞ、ご案内つかまつりまする」

玄関で、小姓頭が述べた。

「よしなに」

軽く主馬が頭をさげた。

燭台《しょくだい》の灯《ひ》しかない薄暗い廊下を進んで、主馬は堀田備中守の居室へととおされた。

「夜分遅くにご無礼つかまつる」

部屋へ入ったところで、主馬は膝《ひざ》を突いた。

「いやいや。あらたまった客室よりは、形式張らぬ居室がよろしいかと存じ、ここまでご足労をいただいた」

床の間を背にして、堀田備中守が迎えた。

「夕餉《ゆうげ》はおすみでござるか」

「屋敷を出る前にすませて参りました。お気遣いに感謝いたしまする」

主馬が一礼した。

「さようでござったか。ならば、茶菓を用意させましょう。酒を飲みながらできるお話ではなさそうでござるゆえな」

堀田備中守が手を叩いた。

「お呼びで」

すぐに小姓頭が、顔を出した。

「茶となにか請けを」

「はっ」

小姓頭が受けた。

「お忙しいところ申しわけございませぬ」

いきなり用件に入るわけにもいかないと、主馬が詫びを口にした。

「いやいや。奏者番など、朝の内だけでござる。昼からは滅多に御用もござらぬのでな。さほど忙しいというほどではござらぬ」

笑いながら堀田備中守が否定した。

「主馬どのこそ、毎日の登城、その忠節は城内でも評判でござるぞ」

「とんでもございませぬ。上様の盾たる旗本は、絶えずお近くに侍るもの。拙者は旗本として当然のことをいたしておるだけ」

主馬が謙遜《けんそん》した。

互いに相手を褒め、己を謙遜する会話は、膳《ぜん》を捧《ささ》げてきた小姓たちによって終わった。

「これはの、薩摩《さつま》公からいただいた黒砂糖を使った菓子でござる」

「薩摩の黒砂糖。それは珍重なものを」

感嘆した主馬が、菓子を手に取った。

「甘い。いや、これは美味でござるな」

口にした主馬が褒めた。

「お気に召したならば、幸い」

ほほえみながら堀田備中守も食した。

「馳走《ちそう》でありました」

主馬が皿を置いた。

「お粗末でござる」

堀田備中守が受けた。

「下げよ」

主の命で入ってきた小姓たちがすばやく膳を片付けた。

「呼ぶまで誰も入ってきてはならぬ」

人払いした堀田備中守が、主馬を促した。

「お話とは」

「申しわけなきことながら、弟が……」

主馬が語った。

「伊豆守さまにか。いや、よくぞしてのけられた。なかなかの慧眼《けいがん》ではござらぬか」

聞いた堀田備中守が言った。

「しかし、伊豆守さまはまずい。すでに勝手務めを許されておりまする。次に来るのは十徳《じっとく》拝領」

十徳とは、茶道をする者が身につける羽織のようなものだ。今後は茶でも楽しんで、ゆっくりするがいいという意味をこめて下賜《かし》されるのが十徳拝領であり、幕府から隠居をしろと命じられることであった。

「隠居されれば、松平伊豆守どのの力は消える」

堀田備中守が述べた。

隠居は、家督を嫡男へ譲り、引退することであった。隠居してしまえば、月代や髭《ひげ》を伸ばすこともできたし、座布団などの敷きものを使えた。

その代わり、江戸城へあがることはなくなり、政いっさいへ口出しは許されなくなる。家光の寵臣で、家綱の傅育役《ふいく》であっても、格別な扱いはされなかった。

「幕府のなかには、松平伊豆守どのを嫌っておられる方も多い。弟どのが、伊豆守どのの手とわかれば、あとあと苦労するでしょう。いや、それこそ、兄である貴殿にまで、影響が及ぶやも知れませぬな」

「それは……」

苦い顔を主馬がした。

「あまり余裕はございませぬぞ。いつ上様が伊豆守さまへ十徳を渡されるか」

「ううむ……」

「それに伊豆守さまのあとも考えねばなりますまい」

「あと……」

主馬が首をかしげた。

「伊豆守さまが隠居されたあと、弟どのは、誰につかれるかということでござるよ。たとえば、伊豆守さまの関係から阿部豊後守さまに誼をつうじられるとなったりすれば、また同じことになりましょう」

「どこまでいっても足を引っ張る奴だ」

苦い顔を主馬がした。

「まあ、多少のことならば、わたくしがお手助けできましょうが……伊豆守さまと豊後守さまは、今の執政衆に煙たがられておられるゆえ、かかわりのある者は、すべて幕府からおいだされることになりましょうなあ。下手をすれば当人だけでなくご一門も……」

哀《あわ》れみのまなざしを堀田備中守が向けた。

「やはり、松平の家のためには、養子になど出さず、排除すべきであったな」

主馬が吐き捨てた。

「夜も更けもうしたな。お話はここまでといたしましょう」

堀田備中守が、帰れと告げた。

「おじゃまをいたしましてございまする」

言われてはしかたがない。主馬は立ちあがった。

「わざわざのお報《しら》せかたじけのうございました。おい、松平どのがお帰りぞ」

「はっ」

小姓頭が顔を出した。

「なにかお困りであれば、用人までお申し付けくだされ。お力になれることもござろう」

「ありがたいお言葉」

深く平伏して松平主馬は、堀田備中守の前から去った。

「帰途お気を付けられまして」

堀田備中守の用人が、玄関で見送った。

「世話になった。備中守さまより、なにかあれば用人までとお声をいただいた。今後ともにお世話になると思う。よしなにな」

主馬が話をした。

「心得ましてございまする。おおっ。ちょうどよい機会でございまする。松平さま、少しお暇をいただけまするか」

用人が問うた。

「よいが……」

「引き合わせたい者がおりまする。おい、松江屋」

「はい」

玄関脇から中年の商人が現れた。

「松江屋献《けん》右衛《え》門《もん》と申す者で、いろいろなことの斡旋《あっせん》を商《あきな》いとしておりまする。松江屋、松平さまだ」

「これはお初にお目にかかりまする。松江屋献右衛門にございまする。なにか人手がお入り用のせつは、是非ともわたくしどもにお任せくださいませ」

「松平主馬である。備中守さまの出入りか。一度屋敷へ遊びに来るがいい」

「かたじけのうございまする。本日は、遅うございますので、これ以上足をお止めしては、ご迷惑。後日参上させていただきまする」

深々と松江屋が礼をした。

「うむ。待っておる」

言い残して、松平主馬は駕籠へ身を滑りこませた。

「お帰り」

用人の一言で、ふたたび大門が開けられ、松平家の行列が出て行った。

「ご用人さま」

ささやくように松江屋が呼んだ。

「わかっておるな。あのお方をうまくそそのかせよ」

小声で用人が命じた。

「承知いたしましてございまする」

松江屋が頭を下げた。

二日おいてから、松江屋が主馬を訪ねた。昨夜の内に来訪を報せてあるので、主馬は屋敷で待っていた。

「あらためまして松江屋献右衛門でございまする。これは、お近づきの印に」

客間へとおされた松江屋が、菓子折を差し出した。

「気を遣わせたようだな。折角の土産《みやげ》、遠慮なくいただこう」

堀田備中守出入りの商人である。主馬はていねいに応対した。

「諸事斡旋と聞いたが、どのようなことをいたすのだ」

主馬が問うた。

「家臣がたの斡旋から、妾の紹介もいたしまする」

「ほう……」

主馬の目が光った。

「探索の得意な者もご用意できまする」

「……探索。そのような者どう使うというのだ」

「誰がいつどこで誰方にあったかとかを調べるのに便利でございまするよ。結構、お求めの方々もおられまする」

松江屋が説明した。

「まあ、表だって紹介はいたしておりませんが」

「表だってということは、裏もあると」

「……それはまあ、ございまするが」

ためらうような口調で松江屋が答えた。

「気に入らぬ者を排除するための輩もか」

「なんともご返事のむつかしいことをお聞きになる」

松江屋が難しい顔をした。

「どうなのだ」

主馬が迫った。

「備中守さまのご紹介でございますゆえ……他言は無用で願いまする」

「わかっておる」

力強く主馬が首肯した。

「……ご入り用とあれば」

低い声で松江屋がうなずいた。

第五章　血の相克

一

半月ほど平穏な日々が過ぎた。油断するというわけではないが、人というのは変わらない日常に溺《おぼ》れると警戒を忘れる。己が打てる手はすべて尽くしたと、賢治郎も本来のお髷番《まげばん》の任だけに専念していた。

いつものように家綱の髷を整え、御座の間を下がった賢治郎は、将軍への目通りを待つ人のなかに松平伊豆守の顔を見つけた。

「明日、朝の内に屋敷まで来い」

隣を過ぎるとき、松平伊豆守が囁《ささや》いた。

「…………」

無言で小さく賢治郎はうなずいた。

御座の間から下部屋まではかなり遠い。賢治郎は廊下の左側を早足に歩いた。

「け、賢治郎」

「あ、兄上」

廊下を曲がったところで、賢治郎と主馬が鉢合わせした。

「役目か」

「終えて下部屋へ引くところでございまする」

問われて賢治郎は答えた。

「上様《うえさま》のお側《そば》に戻ったからと、図に乗るな」

大きく目を開いて、主馬が賢治郎をにらみつけた。

「………」

賢治郎は沈黙した。

「分《ぶん》というものをわきまえよ。おまえは、卑《いや》しき女の腹から産まれたのだ。旗本らしい顔などできる身ではない」

主馬が罵倒《ばとう》した。

「今すぐに、お役目を引け」

「できませぬ」

きっぱりと賢治郎は断った。

「上様より直接お声をかけていただいた役目でございまする。勝手に退くなど不忠きわまりないこと」

「一人前の口をきくな。その上、昨今は伊豆守さまに近づいておるとも聞く。そのようなまね、おまえには百年早い」

「別段伊豆守さまと親しくさせていただいておるわけではございませぬ。何度かお役目についてご助言をいただいただけで」

賢治郎は、兄が知るほど城中で伊豆守とのことが噂《うわさ》になっていると知って驚いた。

「どうしても言うことをきかぬと申すのだな」

「ごめんを」

相手にしていられないと賢治郎は、主馬の前を離れた。

さすがに殿中でそれ以上のことはできないのか、黙って賢治郎を通した。

「やはり松江屋へ命じるしかない」

憎々しげに見送った主馬が呟《つぶや》いた。

一夜の宿直《とのい》を終えて、賢治郎は一度屋敷へ戻った。

「少し出て参りまする」

「いけませぬ」

玄関先で、三弥が待ち構えていた。

「出て行けば必ず、お命に危険がおよびまする。出歩かれることは許しませぬ」

幼い身体を精一杯張って、三弥が阻止しようとした。

「…………」

思わず賢治郎は頬《ほお》を緩《ゆる》めた。

「何がおかしいのでございますか」

眉《まゆ》をつりあげて三弥が怒った。

「いや、なんでもござらぬ」

賢治郎は首を振った。父が死んで以来、誰《だれ》も賢治郎のことを気にはしてくれなかった。今、目の前に心配してくれる人が居る。賢治郎はうれしかった。

「ご安心くだされ。本日は、すぐに戻りまする」

なだめるように賢治郎は述べた。

「すぐにと」

「はい。昼餉《ひるげ》は屋敷でいただきまする」

「危ないことは」

「ございませぬ」

きっぱりと賢治郎は断言した。

「それに、いつまでも屋敷に籠《こ》もっていては、役目も果たせませぬ。三弥どのにふさわしい夫となるには、やらねばならぬこともございまする」

「わたくしの夫……」

「そうなるまでに死んではたまりませぬ」

そっと賢治郎は、三弥の身体を脇《わき》へと除《の》けた。

「では、行って参りまする」

賢治郎は晴れ晴れとした気分で屋敷を出た。

松平伊豆守の屋敷は、江戸城内雉子橋御門《きじばしごもん》側にあった。

「遅かったな」

「一度屋敷へ戻りましたもので」

叱《しか》られて賢治郎は詫《わ》びた。

「まあよかろう。遅れた非難をするより、話をすすめるほうが、ときを無駄にせぬ。

年寄りにとって、ときは有限なのだ」

松平伊豆守が、手にしていた書付《かきつけ》を賢治郎へ放《ほう》った。

「拝見」

受け取って賢治郎は読んだ。

「これは、九鬼公の転封《てんぽう》願い」

書付には、三田の九鬼家を先祖伝来の志摩《しま》へ移してくれるようにとの願いが書かれていた。九鬼家は戦国のおり、織田信長の水軍を預かった家柄である。関ヶ原で父は西に、息子は東につくことで、生き残りを図ったが、家康の采配は厳しく、先祖伝来の志摩から、海のない山中へと追いやられていた。

「綱吉さまの家老、牧野成貞の添え書きがついておろう」

「はい」

「水島の口利きはこれであった」

書付を返せと松平伊豆守が手を伸ばした。

「これを上様へ……」

「いいや、お見せはせぬ。そなたが己の裁量で、上様へお告げせよ」

「………」

賢治郎は思案した。

「そこで考えこむな。じゃまだ。屋敷へ帰ってからにせい」

追い払われるようにして、賢治郎が松平伊豆守のもとを去った。

「……………」

賢治郎を見送った松平伊豆守が胃の腑《ふ》をさすった。

「ごふっ」

松平伊豆守の口から、血があふれた。

「……吾が逝《ゆ》く前までに、あやつは遣《つか》えるようになるのか……」

口を押さえた指の間から血を滴《したた》らせながら、松平伊豆守が呟いた。

翌朝、賢治郎は家綱に報告した。

「綱吉がそのようなことをいたしておるのか」

聞いた家綱が苦い顔をした。

「将軍の身内が、誰かをひいきするようなまねをしては、世が治まらぬ。まったく愚かな」

「いかがいたしましょうや」

「そなたは、何もせずともよい」

家綱が首を振った。

「代わりに順性院と会え」

「なにを仰《おお》せられまするか」

命に、賢治郎は驚愕《きょうがく》した。

「一度顔を合わしておるのだろう。そなたが求めれば、嫌とはいうまい」

「会ってなにをせよと」

賢治郎は訊《き》いた。

「大人しくしておれば、躬《み》に跡継ぎがなきとき、綱重を世継ぎにしてやると伝えよ」

あっさりと家綱が述べた。

「………………」

言われた賢治郎は唖然《あぜん》とした。

「それとも綱吉、いや桂昌院へ、馬鹿をすれば流すぞと告げるほうがよいか」

「とんでもございませぬ」

面識さえない桂昌院のもとへ、そのような使者にたつのは、論外であった。

「執政《しっせい》のどなたかにお願いするわけには参りませぬか」

賢治郎は尻込《しりご》みをした。

「五代将軍の座にかかわることを、信用のおけぬ者へ任せられるか。ことが漏れるであろう。それこそ、明日には、綱重の門前に市《いち》がたつわ」

家綱が首を振った。

「秘密を保持するだけではない。順性院に釘《くぎ》を刺さねばならぬ」

「順性院さまに釘を……」

「じっとしておらねば、五代の座は動くとな。綱重だけが将軍継承の相手ではないと教えてやれ。綱吉はもとより、尾張光友、紀州光貞《みつさだ》にでも譲れるのだとな」

厳しい口調で家綱が述べた。

「上様、一つよろしゅうございましょうか」

気になることがあると賢治郎は口を挟んだ。

「申せ」

「上様にお世継ぎがおできになったとき、綱重さまはどうなりましょう。今のままであるならば、綱吉さまと同じ立場でしかありませぬ。ならば、おとなしくするだけ損だとお考えになりませぬか」

許しを得て、賢治郎は尋ねた。

「躬に世継ぎができたならば、甲府家に百万石と副将軍の座をくれてやる」

「百万石……」

賢治郎は言葉を失った。

御三家最大の尾張でさえ、六十二万石弱なのだ。今の甲府、館林《たてばやし》が二十五万石内外であることを思えば、破格の扱いである。

「ついでに副将軍の家柄は、代々世襲させてやる。そして万一、本家に世継ぎなきときは、甲府から出すと決めてもな」

家綱の条件は、御三家の意味を奪うほどの厚遇であった。

「これで不満と申すならば、甲府も潰《つぶ》す」

厳しい声で家綱が断じた。

「しかし、信じてくれましょうや。使者がわたくしのような軽き者で。なにか上様の書きものをお預かりできませぬか」

「ならぬ。そのような後世の証左となるものを渡せるわけがなかろう」

寵臣《ちょうしん》の願いを、家綱が一言で切って捨てた。

「そなたが躬の手と順性院は知っておるのだ。そのようなものはかえって足かせとなる。順性院は気づかずとも、甲府に仕える者が推察しよう。それすら理解できぬ愚か者の集まりであるならば、甲府など恐れるに足らぬ」

　家綱が小さく笑った。

「賢治郎。躬はな、将軍になりたくてなったのではない。物心ついたときにはすでに世継ぎだったのだ。好きなものも喰《く》えぬ、朝寝もできぬ、絶えず誰かが側におる。このように窮屈《きゅうくつ》な毎日など、欲しいというならばくれてやろうかとも思う。だがな、躬が将軍とならねば、徳川の継承は、永遠に血まみれとなる」

「血まみれ……」

「考えてみよ。神君家康さまを初代とした徳川家の系譜を。家康さまの長男信康《のぶやす》公は、武田《たけだ》家との内通を疑われて切腹、次男秀康どのは、他家へ養子に出され、跡を継いだのは三男の秀忠さまだ。続いて三代将軍のおりも同じ。長男長丸《ちょうまる》どのは、二歳で焼き殺され、我が父家光さまは次男でありながら、三男忠長に将軍位を奪われそうになった。どうだ。徳川の継承には、かならず死と血がからんでおろう」

「……………」

「だからなのだ。将軍の継承のたびに血が流れるようで、どうして泰平の世の長たりよう。望まずして就いた将軍職であるが、なった以上は力を尽くす。躬の仕事は、四代から五代への継承を支障なくすませることなのだ。神君家康さまのご遺訓にそってな」

「家康さまのご遺訓と仰せられまするとﾞ」


「家康さまのご遺訓と仰せられまする」

賢治郎は首をかしげた。

「春日局の求めに応じ、家康さまは家光さまを三代将軍と決められた。二代将軍であった秀忠さまの意向は潰された」

「はい」

幕府に属する者ならば、誰もが知っている話であった。その功績で春日局は大奥を創設し、その頂点に座ったのだ。

「将軍より大御所《おおごしょ》が偉いという悪《あ》しき前例を作った弊害も見逃せぬが……なにより、将軍の座は長幼を基準とすると決められたのが大きい」

施政者らしい意見を加えながら、家綱が述べた。

「神君家康さまのお言葉は絶対である。躬はその体現として四代将軍となった。だが、一代くらいでは、完成したとはいえぬ。少なくとも三代は続けねば、徳川の長子継承は絵に描《か》いた餅《もち》と言われかねぬ」

「そこまで長子相続が重要なのでございましょうか」

こだわる家綱へ賢治郎は質問した。

「徳川は模範なのだ。大名たちは、皆徳川の顔色をうかがっておる。徳川が厳に長子相続を続ければ、諸大名たちも倣《なら》うしかあるまい」

「はい」

将軍家のなすことに異論を出せば、家が潰れるのだ。大名たちはこぞって徳川に追《つい》従《じゅう》し、保身に走っていた。

「長子相続が法となれば、大名家の内紛は減るはずだ。減れば、取りつぶす家も少なくなる」

「よろしいのでございますか。大名、とくに外様大名たちは、いつか徳川へ牙《きば》むくやもしれませぬ」

賢治郎は危惧《きぐ》を口にした。

「今の大名に、牙などあるか。それよりも家を潰すことで、野に放たれる浪人どものほうが、やっかいである」

家綱が言った。

「武士は戦うしか能がない。先祖が戦って得た禄《ろく》を相続することで、武家は生きている。その禄がいきなりなくなったらどうなる。刀を振り回すしかできぬ武士が、世間へ放り出されたらどうするのだ」

「仕官を探しましょう」

「あるのか」

「それは……」

「ないだろう」

「よくご存じで」

江戸城から出ることのない家綱が、世情をよく知っていることに賢治郎は驚いた。

「簡単なことじゃ。躬が将軍となってから、新規召し抱えの旗本に目通りを許した数を思い出せばいい。片手でたりる。最大の大名でもある徳川でさえ、こうなのだ。他の大名どもがどうなのかは、推《お》して知れよう」

あっさりと家綱が種明かしをした。

「仕官できなかった浪人どもも生きていかねばならぬ。帰農する者、商《あきな》いに身を投じる者、技を持って職人となる者もおろうが、それは少数のはずだ。大多数は、あてどもなく世間へ散ることになる。そして散った浪人たちは、生きていくために切り取り強盗などへ身を落とす」

「………」

「強盗が増えれば、町の治安は悪くなる。治安の悪い町は発展せぬ。それは治世上よくあるまい。そうならぬようにするのも将軍の仕事である」

言いきった家綱が、息をついた。

「もう由井正雪《ゆいしょうせつ》の二の舞は要《い》らぬ。父が死んだとき、たしかにまだ躬は子ではあった。なれど補佐する執政たちは父の代からの功臣揃《ぞろ》い。幕府は盤石《ばんじゃく》だった。なのに、謀反《むほん》は起こりかけた。あの一件は、躬では世が治まらぬと告げられたに等しい」

悔しそうな顔を家綱がした。

「畏《おそ》れ入りまする」

家綱の目的を知った賢治郎は、なぐさめる言葉を持っていなかった。

「命がけの任となる」

「承知しておりまする」

使者とはいえ、正式に幕府から送られるものとは違う。戦国時代の密使にひとしいのだ。屋敷へ招き入れたうえで、殺してしまっても、家綱は抗議一つ言えない。

「使者にたて、賢治郎」

「はっ」

そこまでの信頼を預けられて、応《こた》えなければ旗本であるとはいえない。賢治郎は謹《つつし》んで受けた。

二

賢治郎が家綱から使者を任された夜、松江屋は堀田備中守を訪れていた。

「松平主馬さまより、刺客のご注文を受けましてございまする」

松江屋が報告した。

「そうか」

堀田備中守がうなずいた。

「成功でも、失敗でも、どちらでもかまわぬ。我が家に傷が付くわけではない。うるさくさえずるようならば、主馬を片付ければすむ」

「畏れ多いことで」

笑いながら松江屋が、頭をさげた。

「ところで、阿部豊後守の屋敷へ人を入れることはできたのか」

こだわることなく、堀田備中守が話題を変えた。

「中間《ちゅうげん》を二人、女中を一人、入れさせましてございまする」

「侍身分は難しいか」

「あいにく、阿部さまは仕官を募集しておられませぬので」

松江屋が話した。

「そなたの伝手《つて》でも無理か」

「残念ながら」

「いたしかたないか。上様を傅育《ふいく》するため、本丸老中から西丸老中への降格を受け入れた男だ。肚《はら》の底が見えぬ。知恵伊豆などとおだてられて、有頂天となっていた伊豆守より、よほどの難敵。なんといっても子供のころからずっと側にいたのだ、上様にとって阿部豊後守は格別な相手。その動静をできるだけ早く手にしたかったのだが」

残念そうに堀田備中守が嘆息した。

「松平伊豆守さまのお屋敷へ人は入れずともよろしいので」

「不要じゃ」

訊く松江屋に、堀田備中守は首を振った。

「伊豆は、もう終わりよ。数年は持つまい」

「数年以内にご隠居なさると……」

「死ぬだろう」

あっさりと堀田備中守が告げた。

「どうしてそれを……」

松江屋が目を見張った。

「松平家出入りの医者から聞き出した。伊豆守は胃の腑を患っておるらしい」

堀田備中守が種明かしをした。

「医者を味方に引き入れられましたか。畏れ入りました」

聞いた松江屋が感心した。

「松平伊豆と阿部豊後が居なくなれば、儂《わし》の覇業《はぎょう》を邪魔《じゃま》する者は、一人だけ」

「酒井さまでございますな」

松江屋が言った。

「そうじゃ。徳川と祖をともにする名門譜代《ふだい》。役に就けば執政になり、執政とならば大老《たいろう》となる。まさに、鎌倉源氏における北条、室町《むろまち》足利における管領《かんれい》。われが目指す地位にある」

苦々しげに堀田備中守が告げた。

「いかがなさいまする」

「今はなにもせぬ」

堀田備中守が否定した。

「松平伊豆や阿部豊後は、家光さまの寵愛《ちょうあい》で執政に登った、いわば、一代限りの権臣。対して酒井家は違う。幕府ができる前から徳川の重臣として、重きをなしてきた家柄。譜代大名との血縁も多く、うかつに手出しをしては、手痛い反撃を喰らう。ときをかけて静かに罠《わな》をはり、機を見てそこへ突き落とす。それしか酒井家を幕政から放逐《ほうちく》し、二度と大老の地位にたどり着けぬようする手立てはない」

「深慮遠謀でございますな」

「もちろん、おまえにも役だってもらうぞ」

「承知いたしておりまする」

しっかりと松江屋が首肯《しゅこう》した。

「見返りは渡す。余《よ》は味方するものには、褒美《ほうび》を惜しまぬ」

「ありがとうございまする。うまく、殿さまが、ご大老となられたあかつきには、以前よりお願いいたしておりますよう、わたくしめを江戸の町年寄《まちどしより》にご推挙くださいませ」

媚《こ》びるように松江屋が願った。

町年寄とは、家康の江戸入府にしたがって来た三河《みかわ》の町人樽屋藤左衛門《たるやとうざえもん》と奈良屋市右衛門《ならやいちえもん》のことだ。後《のち》、喜多村弥兵衛《きたむらやへえ》が加えられて三人となった。苗字帯刀を許され、世襲制で、町奉行の支配を受け、お触書《ふれがき》などの通達をおこなった。また、町年寄のもとで実務を担当する町名主《ちょうなぬし》の任免、商人や職人の株仲間を監督した。神田上水、玉川上水の管理も任の一つであり、江戸の町すべてに権が及んだ。幕府から役宅を兼ねた角屋敷が本町に与えられ、江戸の各町内から晦日銭《みそかぜに》を集める権利を有していた。

「欲のないことよな。町年寄など、年に五百両もかせげまい。願えば五千石くらいの旗本にしてやってもよいのだぞ」

堀田備中守が、再考を促した。

「とんでもございませぬ。わたくしにお武家さまは務まりませぬ」

あわてて松江屋が手を振った。

「そうか。まあ、そなたの望みがそれならば、儂はかまわぬぞ」

「お願い申しあげまする」

松江屋が平伏した。

宿直を終えた賢治郎は、夜具などの荷物を出迎えに来た清太に預けると、その足で桜田の御用屋敷へと向かった。

「腹が空《す》いておるが、屋敷へ戻ってから出直すとなれば、また三弥どのにすねられる」

一人歩きながら、賢治郎はほほえんだ。

小柄な三弥は、年齢が幼いこともあって、見た目は子供である。しかし、時折見せる態度や口調は、賢治郎を驚かすほど、女であった。

その落差に賢治郎は戸惑いながらも、惹《ひ》かれていくのを自覚していた。

「といって、思い浮かばぬのだが」

三弥が妻として己へ傅《かしず》いてくれる。賢治郎には、想像できなかった。

桜田の御用屋敷は、先代の寵姫《ちょうき》たちが落飾して住むところである。桂昌院が神田館で吾が子綱吉と生活を共にしている今、桜田の御用屋敷には順性院しかいなかった。

「どうやって目通りを願うか」

大きく賢治郎は悩んだ。家光の側室で剃髪《ていはつ》した順性院に、まったくかかわりのない者が会いたいといっても無理である。いかに賢治郎の名前を知っているからといって、桜田御用屋敷には幕府から派遣された番士がいる。うかつに目通りを許せば、あとあと噂になりかねない。剃髪した先代の側室のもとへ、若い旗本が来たなどと噂になれば、ふしだらとされて、綱重の名誉にも傷がつく。それこそ、綱重から五代将軍継承の権利を奪いかねなかった。

「あやつがおるか」

賢治郎は思い出した。

「たしか、山本兵庫とか申したな。順性院さま付きの用人《ようにん》だったはず」

一度刃《やいば》を交わした相手である。賢治郎は忘れていなかった。

「卒爾《そつじ》ながら」

賢治郎は桜田御用屋敷の門を警衛している番士へ話しかけた。

「なんだ」

横柄《おうへい》な態度で番士が応じた。

「拙者、お小納戸《こなんど》の深室賢治郎と申す。順性院さま御用人の山本兵庫どのへ、お会いしたいのだが」

「お小納戸さま……しばし、お待ちを」

小納戸の身分はさして高くはないが、将軍の側に仕えるだけに、世間の評価は高い。一気に態度を変えた番士が、御用屋敷のなかへ、駆けこんだ。

「御用人どのは、おられましょうか」

順性院の住居として与えられている屋敷の一角へ着いた番士が、玄関から声をかけた。

「なんだ」

玄関脇に設けられた用人控え室から、兵庫が顔を出した。

「今、門前にお小納戸深室賢治郎どのが来られ、御用人どのへ面会を求めておられまする」

「深室賢治郎だと」

聞いた兵庫が大声をあげた。

「は、はい」

兵庫の勢いに、番士が跳びあがった。

「わかった。すぐに行く」

一度控え室へ引っこんだ兵庫が、太刀《たち》を持って出てきた。

「こちらで」

「案内はいい」

先に立とうとする番士を置き去りにして、兵庫が足早に大門へと向かった。

「きさま……」

大門から少し離れたところで待っている賢治郎を見た兵庫が、うめいた。

「少しいいか」

賢治郎は、兵庫の同意を待たず、番士たちに話が聞こえない距離まで離れた。

「何用だ。順性院さまへ仇《あだ》なすというならば、許さぬぞ」

「少し静かにしてくれ」

あたりを見回しながら、賢治郎は兵庫を抑えた。

「なんだ」

警戒する賢治郎に、兵庫が問うた。

「順性院さまにお目通りできぬか」

小声で賢治郎は頼んだ。

「なにを言うかと思えば。許せるわけなかろう」

兵庫が、怒りをあらわにした。

「そうかと退けぬのだ」

賢治郎は嘆息した。

「事情を話せ」

首をかしげた兵庫が訊いた。

「おぬしは、順性院さまのためにおるのだな」

「なにを当たり前のことを」

兵庫があきれた。

「もし吾が順性院さまにお目通りをなすとなったら、同席するのだろう」

「当然だ。おまえと順性院さまを二人きりにするなど、虎の前へ兎《うさぎ》を放すより危ないわ」

目を怒らせて兵庫が断言した。

「吾は獣以下か」

あまりな比喩《ひゆ》に、賢治郎もあきれた。

かといって家綱の命《めい》なのだ。会えませんでしたで帰るわけにはいかなかった。賢治郎は小さく嘆息した。

「上様のお使いである」

口調を賢治郎は尊大に変えた。

「なにっ」

兵庫が驚愕《きょうがく》した。

「上様より、順性院さまへお伝えせよとお言葉を預かっておる」

「まことか」

「偽りであったなれば、吾が身は終わりぞ」

賢治郎は保証した。

「内容を聞かせよ」

「上様から順性院さまへあてた御諚《ごじょう》を、先に聞くと言うか。分が違おうぞ」

無礼なと賢治郎は怒った。

「ううむ」

「このまま戻ってもよいのだぞ。その代わり、この有様《ありさま》を上様へご報告申しあげることになる。もちろん、吾が身も使者としての役に立たなかった咎《とが》めは、受けようが、綱重さまの大損となるぞ」

「綱重さまにかかわる……ううむ」

賢治郎の脅しに、兵庫が反応した。

「よき報《しら》せを聞かず、悪しき結果を受けるか」

「……よき報せ。間違いないのだな」

「上様のお心を疑うな」

念を押して、賢治郎は話を打ち切った。

「承知つかまつった。順性院さまにお目通りしていただこう」

兵庫がていねいな態度に変わった。

「人知れずにな。できるだけ他人目《ひとめ》に触れたくはない」

「任せよ」

興味深げに見ている番士へ、兵庫が目をやった。

「吾の客として入ってもらう」

「結構だ」

賢治郎は同意した。

桜田御用屋敷のなかには、いくつかの組屋敷があった。一つは明屋敷伊賀者の使うもので、小さな長屋であった。その他に、数百石の旗本が住むにふさわしい屋敷もあった。山本兵庫は、順性院付きとなってから、こちらへ居《きょ》を移していた。

「順性院さまにご都合をうかがって参る」

己の屋敷へ賢治郎を案内して、山本兵庫は出て行った。

「茶も出さずとは。空き腹をなだめられぬ」

一人になって賢治郎は空腹を感じていた。

「順性院さまがお会いになる」

小半刻《こはんとき》（約三十分）ほどで戻ってきた兵庫に連れられて、賢治郎は順性院の館の庭へと通された。

「上様のご使者とか」

順性院が庭で待っていた。

「お目通りを感謝いたしまする」

立ったままで、賢治郎は一礼した。

「ここでよろしいかの」

「結構だと思案つかまつりまする」

賢治郎は同意した。誰かに見られたところで、お庭拝見であるとごまかせた。

名園と噂のある庭を、見も知らぬ者が訪れることをお庭拝見といい、江戸のあちこちでおこなわれていた。

さらに庭ならば上座も下座もない。座敷での対面となれば、家綱の使者である賢治郎が上座になる。先代将軍の寵姫を下座に控えさせるなど、あまりに異様である。見とがめられれば、大きな問題となった。

「こちらへ参られよ。兵庫」

「はっ」

順性院にうながされて兵庫が、二人を泉水側の四阿《あずまや》へ案内した。

「早速《さっそく》ではございまするが、上様のお言葉をお伝えいたす」

「拝聴つかまつりまする」

頭《こうべ》を垂れて順性院が控えた。

「躬に世継ぎなくなにかあるときは、綱重をもって継嗣《けいし》とする」

「おおっ」

「なんと」

順性院と兵庫が、驚いた。

「まことじゃな」

驚愕からすぐに復帰した順性院が確認した。

「上様のお言葉である」

疑うなと賢治郎は、断言した。

「そうか。そうなのじゃな。よかった。よかった」

順性院が驚喜した。

「ただし……」

賢治郎は、喜ぶ順性院に水をかけた。

「躬に世継ぎ生まれし後は、甲府家に百万石を与え、副将軍とする」

「なんじゃと……」

順性院が顔色を変えた。

「上様にお世継ぎがおできになったとき、綱重どのは」

「甲府百万石の主《あるじ》となられる」

「将軍ではないのかえ」

首肯した賢治郎へ、順性院が確認した。

「あともう一つ」

順性院の疑問に答えず、賢治郎は最後の条件を通告した。

「したがわねばあいは、甲府を潰すことも厭《いと》わず。神君家康さまの血を引く者は、甲府だけにあらず。館林、尾張、紀州があることを忘れるな。以上でござる。では、ごめん」

用件を伝えた賢治郎は、さっさと桜田御用屋敷を逃げ出した。

「兵庫」

残された順性院が、兵庫に話しかけた。

「はっ」

膝《ひざ》を突いて兵庫が応じた。

「今の話は、将軍に跡継ぎがなければ、綱重どのが五代将軍となる。であったの」

「さようでございまする」

兵庫がうなずいた。

「したがわねば、綱重どのではなく、他の者へ譲るとも」

順性院が続けた。

「そのように聞きました」

「ならば、他の者がおらねばよいのだの」

「順性院さま……」

大きく兵庫が息をのんだ。

「上様にお世継ぎができれば、綱重どのは甲府百万石の主になる」

「はい」

百万石はとてつもない大領である。家康の息子でさえ、与えられた者はいなかった。

「お世継ぎができるまえに、上様を……」

「………」

笑いを浮かべた順性院に兵庫は絶句した。

三

大任を果たした賢治郎は、ようやく肩の荷を降ろした思いで、屋敷への帰路を急いでいた。

「もう昼か。朝餉を喰い損ねたな」

賢治郎は中天近くなっている日に目をやった。

「あれがそうか」

「へい」

浮かれている賢治郎の背中を、二人が見ていた。

「遣い手だときいたが、隙《すき》だらけではないか」

髷をまとめることなく、総髪にした壮年の武士があきれた。

「そうでございますかね。直接見たわけじゃございませんが、両三度襲われたのを排除したとか」

壮年の武士の隣に立っていたのは、松江屋であった。

「儂が出るまでもないな」

壮年の武士が首を振った。

「弟子どもで十分だ」

「よろしゅうございますので」

「ああ。弟子どもにも人を斬《き》らせる経験をさせるにちょうどいい。人を斬ったことのない刺客など、張り子の虎以下だからの」

「藤沢無刃斎《ふじさわむじんさい》先生、あらためて申しあげるまでもございますまいが、獲物一人につきいくらでございますよ。お弟子さんがたが、何人死なれましょうとも、何回挑まれようとも、料金は同じ」

松江屋が念を押した。

「わかっておる。儂がしようが、弟子がなそうが、同じでもある」

無刃斎がうなずいた。

「いつ」

簡潔に松江屋が問うた。

「明日、呼び出すとしよう」

「頼みましたよ。これは前金の三十両で。わたくしは、ちと用事ができました」

金を渡した松江屋が、話は終わりと、無刃斎へ手を振った。

「任せよ」

懐《ふところ》へ金をしまって無刃斎が去っていった。

「さて、急いで堀田さまへお報せせねば。お小納戸と順性院が会ったことを」

松江屋も足を速めた。


道場へ戻った無刃斎は、出迎えた弟子から三人を指名した。

「岡崎《おかざき》、多部《たべ》、石川《いしかわ》。やれるか」

「はい」

三人が唱和した。

「相手は旗本だ。そこそこ剣も遣うらしい。まあ、儂が見てきたぶんには、石川より二枚ほど下というところだな」

「簡単なことでございますな」

岡崎が笑った。

「ゆえに、石川、そなたがやれ。岡崎と多部はもう人を斬ったことがある。おぬしはまだだ。人を斬らずして、刺客業はできぬぞ」

「はい」

石川が首肯した。

「先生は」

「儂は行かぬ。もう一件仕事が入っておるのでな。そちらへ出向く」

訊いた石川へ無刃斎が首を振った。

「武士は人を斬ってこそ生きるのだ。手にする褒賞が、禄《ろく》か金かの違いがあるだけ。刀など重いと言い出す軟弱な連中が世を占めている今、刺客こそ、真《まこと》の武士ぞ」

無刃斎が鼓舞した。

「よし、誰か、この手紙を届けてこい」

無刃斎が懐から手紙を出した。


手紙は、小遣い銭稼ぎの町人数人を経て、深室家へ届けられた。

「賢治郎どの、御状が届いておりまする」

まっすぐ帰らず、寄り道をしてきた賢治郎への怒りがまだ納まっていないのか、眉をつりあげた三弥が手紙を差し出した。

「わたくしに手紙……」

思いあたる節のない賢治郎は首をかしげた。

「お兄さまではございませぬか。御状の裏にお名前が入っておりまする」

三弥が手紙の裏を見ろと言った。

「まさに。兄から……」

先日の出会いの後味の悪さを思い出しながら手紙を読んだ賢治郎の眉がひそめられた。

「どうかいたしましたか」

「いや。兄からの呼びだしでござる。よろしいか」

賢治郎は三弥へ手紙を渡した。

「どうぞ」

さっと手紙を読んだ三弥が許可を出した。

屋敷を出た賢治郎は、松平家とは逆の方向へ足を進めた。

「吾が母の菩提寺《ぼだいじ》とは、みょうなところへ」

父多門の側室でしかなかった母は、その死後松平家の菩提寺ではない谷中《やなか》の小寺了泉寺へ葬られていた。

谷中に着くころ、日はかなり西へと傾いていた。

「どこに」

了泉寺へ着いた賢治郎は、主馬の姿を探した。

「まだ来てないのか」

賢治郎は、本堂の廊下へ腰をおろして待つことにした。

しばらく待ったが、主馬は現れなかった。

「寄ってから帰るか」

賢治郎は、立ちあがった。

「無事に過ごしておりまする。少しは深室の家になじんだと思っておりますれば、ご心配なさらぬよう」

せっかくだからと母の墓前に手を合わせた賢治郎は、次は三弥も連れてきたいと思った。

谷中の小寺に人影はない。誰もいない境内《けいだい》を後に、山門を出ようとした賢治郎へ刃風がたたきつけられた。

「やあああ」

石川の一撃は、賢治郎の手前三寸（約九センチメートル）のところを通過した。

「なにっ」

急いで後ろへさがった賢治郎は、三つの人影を見つけた。

「言ったとおりではないか。真剣を持てば腕が縮む。いつもより、半歩踏み出せと教えただろうに」

人影の一つ岡崎が、嘆息した。

「それと気合い声はいただけぬな。他人《ひと》を呼びかねぬ」

もう一人の多部が諭《さと》した。

「何者だ」

「気にするな。どうせ、今日で別れるのだ」

賢治郎の誰何《すいか》に、岡崎が答えた。

「もう一度だ。よく相手を見よ。いいか、頭に血をのぼらせるな。落ち着いて戦え」

多部が、太刀を持っている石川へ声をかけた。

「し、承知」

石川が震えながらうなずいた。

「後詰《ごづ》めは我らが引き受けた。行け」

岡崎に背中を押されて、石川が賢治郎へ向けて駆けてきた。

「………」

言われたとおり、歯を食いしばって石川が太刀を振りかぶった。

「ふん」

一拍おけたおかげで、賢治郎は落ち着けた。

脇差《わきざし》の柄《つか》に手をかけて、賢治郎は大きく両足を前後に開いた。

「……………」

一間半《けん》（約二・七メートル）まで近づいたところで、石川が太刀を真《ま》っ向《こう》から落とした。駆けてきた勢いに乗った太刀が賢治郎の脳天へ向けられた。

「はあっ」

退いていた右足を前へ出して、賢治郎は脇差を鞘走《さやばし》らせた。

「やったか」

後ろから見ていた多部が歓声をあげた。

「……………」

崩れたのは石川であった。

賢治郎の一撃は、石川の右脇腹から左胸を裂き、即死させていた。

「ちっ」

「使えぬやつめ」

岡崎と多部が吐き捨てた。

「思ったよりやるぞ」

「ああ。左右から、かかろうぞ」

二人が顔を見合わせた。

「じゃまな」

境内の石畳に伏している石川の遺体へ、岡崎が侮蔑《ぶべつ》の目をくれた。石川の身体は、賢治郎と二人の間に横たわり、足下の障害となっていた。

「足場が悪いな」

多部も同意した。

「ならば、少しさがってもらえばいい」

太刀の鞘に手をやった多部が、すばやく小柄を抜いて投げた。小柄はもともと紙を切ったりするためのもので、手裏剣《しゅりけん》ではなかった。しかし、手練《てだ》れが投げれば、十分致命傷となるだけの威力を持っていた。

「おう」

合わせて岡崎も小柄を放った。

「くっ」

一本ならば、刀で打ち払えたが、狙《ねら》う場所を変えて投げられた小柄二本の対処は、大きく脇差を動かすことになり、体勢を崩しかねなかった。

賢治郎は、不利になるとわかっていながら後ろへ跳ぶしかなかった。

「…………」

無言で二人が、石川の遺体をこえた。

「右下段」

「左上段」

岡崎が太刀をさげ、多部があげた。

余計なことをしゃべらず、二人が近づいてきた。

「むう」

賢治郎はうなるしかなかった。

二人の繰り出して来るであろう、身体の中央で交差する形の一撃を防ぐ思案が、賢治郎には浮かばなかった。

二間の間合いを割ったところで、岡崎が口を開いた。

「三」

「二」

多部が続けた。

「一」

二人同時に叫んで、飛びかかってきた。

どうしても出る剣速の違いを、息を合わせることでできるだけ小さくしたのだ。

「くっ」

賢治郎は、守勢にはいるしかなかった。

青眼《せいがん》より切っ先を立て、柄をへその位置までさげた脇差を身体の中央に置いて、賢治郎は足を踏ん張った。

わずかな遅速で左右から脇差が叩《たた》かれた。

「なんの」

持っていかれそうになるのを、賢治郎は耐えた。

賢治郎は二人の姿を目にとらえた。

「……そうか」

右から攻めてきていた多部の足先が、五寸（約十五センチメートル）ほど、岡崎より遠いのに賢治郎は気づいた。

「足」

「手」

太刀を引いた二人が、ふたたび合図した。

「おうや」

間合いを空《あ》けるため、賢治郎は、脇差を水平に薙《な》いだ。

「……………」

二人が後ろへ跳んだ。

「はっ」

腰を曲げ、脇差を逆手《さかて》に持ち替えた賢治郎も、追いかけて足を踏み出した。

「疾《はや》い」

多部が驚愕した。

「ふん」

腰を深く落とした賢治郎は、脇差を残っていた多部の右足の甲へと突き立てた。

「ぎゃっ」

足を地に縫い付けられた多部が悲鳴を漏らした。

「もらった」

無防備な賢治郎の背中へ、岡崎が斬りかかった。

岡崎の動きを賢治郎は予測していた。脇差を離すと賢治郎はそのまま転がった。

「ちっ」

むなしく空《くう》を切った岡崎が舌打ちをした。

「ぬ、抜いてくれ」

激痛のあまり力の入らなくなった多部が、岡崎へ哀願した。

「あとだ。こいつを始末してからだ」

無情にも岡崎は拒否した。

「…………」

二言ほどのやりとりの間に、賢治郎は体勢を整えた。

「はっ」

太刀を鞘走らせて、賢治郎は斬りかかった。

「くそっ」

岡崎が急いで太刀を合わせてきた。

甲高《かんだか》い音がして賢治郎の一撃は止められた。

「くっ」

衝撃に岡崎がうめいた。

小太刀の間合いで太刀を使えば、対峙《たいじ》する二人の距離はかぎりなく近くなる。そして近くでぶつかった太刀は、離れることを許されず、鍔迫《つばぜ》り合《あ》いになった。

「おおう」

気迫をこめて、賢治郎は太刀を押した。

「ちいい」

岡崎も応じた。

鍔迫り合いは、どちらの力が上回るかで勝負は決まった。間合いのない対峙である。押し負ければ、相手の太刀が己の身体に食いこむ。

「えいやあ」

賢治郎は太刀に体重をのせた。

「おのれっ」

力負けしそうになった岡崎が、すっと左足をさげた。

「どうだ」

一瞬押した岡崎が、身体を開いた。のしかかってくる賢治郎の力を利用していなしたのだ。拍子が合えば、いなしは有効であった。己の力を受け止める相手を失えば、体勢を崩して前へのめり、背中を晒《さら》すことになる。追い撃たれれば終わりであった。

「おろかな」

岡崎が、足を引いたのを賢治郎は見ていた。いなされた瞬間、体重を後ろへ移動した賢治郎は太刀を水平にして引き、勢いをためて突いた。

「ああああ」

胸を真横に貫かれた岡崎が、絶息した。

「ひ、ひいいい」

仲間の死を見た多部がわめいた。

「く、来るなあ」

無茶苦茶に太刀を振り回したが、右足を縫い止められていてはどうしようもない。

「誰に頼まれた。兄か」

賢治郎の問いは、興奮している多部には聞こえなかった。

「ひゃ、ひゃああ」

振り回す太刀の速度が落ちてきた。

「…………」

ゆっくり太刀の動きを見た賢治郎が、小さく切っ先を跳ねた。

「かふっ」

下段に落ちていた太刀では防ぐこともできなかった。喉《のど》を割られた多部が、ため息のような苦鳴《くめい》を残して死んだ。

「どこの刺客なのだろうか」

脇差を抜きながら、賢治郎は思案した。

思いあたる相手が多すぎた。

兄松平主馬、順性院、桂昌院、少なくとも、この三人には狙われている。

「吾が母の菩提寺まで知っているとなれば、兄しか考えられぬが……」

殺されるほど憎まれているとは、考えたくなかった。いくら母が違うとはいえ、兄弟なのだ。

「問い詰めるわけにもいかぬ」

訊いたところで、すなおに認めるはずはなかった。賢治郎は弟であると同時に、家綱の寵臣《ちょうしん》なのである。その賢治郎に刺客を向けたなどと知られれば、主馬の命はなかった。

「松平の家は潰せぬ」

ほとんどよい思い出のない実家であるが、亡き父の残したものであった。賢治郎にとって父は厳しくも血縁であった。

「上様へご報告せねば」

順性院とのやりとりを含め、賢治郎は家綱へすべて語るつもりになっていた。

了泉寺を後にした賢治郎を遠くから見送る目があった。

「言わぬことではない」

月明かりのもとへ顔を出したのは、松江屋であった。

「三人も失って、どうするんだろうねえ。人斬り道場の看板を下ろさなきゃいけなくなるね。藤沢さんも。まあ、これで少しは高慢も収まるだろうよ」

松江屋が小さく笑った。

四

翌日、賢治郎から顚末《てんまつ》を聞いた家綱は、昼餉の後綱吉を呼び出した。

「久しぶりに顔を見せよ」

兄弟らしい理由に、綱吉が牧野成貞を供として登城した。

すでに元服し、独立した大名でもある綱吉との面会は、将軍の居室である御座の間ではなく、黒書院でおこなわれた。

「上様には、ご機嫌うるわしく、綱吉心よりお慶《よろこ》び申しあげます」

綱吉が平伏した。

「うむ。そなたも息災のようでけっこうだ」

家綱が返した。

「勉学にいそしんでおるようだの。藩主は領民たちの父でもある。よろしく先人の言葉を学び、治世をたしかなものといたせ」

「かたじけない思《おぼ》し召《め》し、綱吉感激つかまつりましてございまする」

兄弟とはいえ、今は将軍と家臣である。綱吉の態度はへりくだったものであった。

「ところで、綱吉よ。少し耳にしたことがある」

「なんでございましょう」

綱吉が背筋を伸ばした。

「館林の者が、躬の家臣へ無体《むたい》を仕掛けたというぞ」

「そのようなこと、ありえませぬ」

あわてて綱吉が否定した。

「そうか。ならばよいが……」

家綱が黒書院下段の間、襖《ふすま》際で控えている牧野成貞へ目を向けた。

「成貞、どうしたのだ。震えておるようだが」

「な、なんでもございませぬ。上様のお側近くで、畏れ多く、恐縮いたしておるからでございましょう」

牧野成貞が言いわけした。

「そうか」

小さくうなずいて、家綱が姿勢を正した。

「綱吉よ。そなたは、綱重に次いで吾が弟なり。徳川の家を守る藩屏《はんぺい》として代々続けていくよう館林を与えた。将軍から分かれた家柄である誇りをもって尾張、紀州に劣らぬ忠誠を尽せ」

家綱が宣した。

「はっ。ありがたきお言葉、綱吉、身にしみましてございまする」

綱吉が平伏した。

「水戸より近い館林。その意味を理解せい。信あればこそ、江戸に近いのだ。忠義を期待しておるぞ。ご苦労であった。さがってよい」

「上様……あっ。はい」

将軍に手を振られてしまえば、どうしようもない。なにか言いかけた綱吉だったが、言葉を飲みこんだ。

「成貞。分をわきまえよ」

立ちあがった家綱が、一釘《ひとくぎ》刺した。

「ははっ」

額《ひたい》を畳に押しつけて、牧野成貞が平伏した。

「上様は、なにを仰せられたかったのであろうか」

対面を終えた綱吉が、首をかしげた。

「殿のお顔をご覧になりたかった。それだけでございましょう。なんといっても殿は上様の弟君でございますゆえ」

駕籠《かご》脇にしたがいながら、牧野成貞が述べた。

「そうか。余にはなにか含みがあるように聞こえたが」

綱吉が納得がいかないという顔をした。

「調べておきまする」

牧野成貞が受けた。

「殿はお気遣いなく、あっぱれ名君となられるよう、学問においそしみくだされますよう」

「うむ。帰ればまた四書五経を学ぶとしよう。先人の言葉はよい」

うれしそうに綱吉がうなずいた。

「お身体が冷えてはよろしくございませぬ。さあ、御駕籠の扉をお閉めくださいませ。お館《やかた》まですぐでございまする」

「わかった」

すなおに綱吉が駕籠のなかへ身を納め、扉を閉めた。

一度大手門を出た駕籠は、江戸城の堀に沿って進み、神田館へと進んだ。将軍家の弟の行列である。行き交う者は、皆、遠慮して道を譲る。

「うん」

行列の差配をしていた供頭が、館の手前で立ったまま、こちらを見ている勤番侍《きんばん》たちに気づいた。

勤番侍とは、国元から参勤交代で江戸へ出てきた諸藩の藩士たちのことだ。合わせたように萌葱色《もえぎいろ》の裏地をつけた羽織を着ていたことから、萌葱裏と庶民たちから侮《あなど》られる田舎者《いなかもの》が多かった。

江戸の城下では、どの大名も将軍に遠慮して静謐《せいひつ》の声はかけなかった。当然、大名行列と行き交おうとも、江戸の庶民たちは土下座することはない。ただ、縁《ゆかり》のある大名の場合だけ、道の片隅へよって膝をつくていどである。だからといって、行列の行き先を遮《さえぎ》ってよいわけはなく、左右にわかれるのがしきたりであった。

「田舎者め。道を空けぬか」

つぶやいた供頭が、早足で行列より離れた。

地方から出てきたばかりの者たちは、江戸の文物が珍しく、大名行列の見学もよくした。そのときでも、行列の紋を確認し、徳川の一門とわかれば、遠慮するのが決まりであった。とくに勤番で江戸へ出てきた藩士たちは、そのことを江戸定府の者から厳しく教えられるはずであった。

「館林家の行列である。そこな者ども、道を空けよ」

供頭が、勤番侍たちへ手を振った。

「………」

無言で勤番侍たちが顔をみあわせた。

「さっさと退かぬか」

供頭が怒鳴った。

「わっ」

驚いたような気合いを発して、勤番侍の一人が供頭へ斬りかかった。

「ぎゃっ」

身構えも何もしていなかった供頭が、空を摑《つか》んで倒れた。

「な、なんだ」

行列の供侍たちが唖然《あぜん》とした。

「やれっ」

勤番侍の一人が手を振った。

「おう」

応じて勤番侍たちが、羽織を投げ捨てると太刀を抜いて襲いかかってきた。

「ば、馬鹿な」

供侍たちがとまどった。

「しぇいやあ」

槍《やり》持ちの中間が、一撃で倒された。

「えい」

「わあああ」

挟箱《はさみばこ》持ちの中間が蹴《け》り飛ばされて、堀へと落ちた。

「お、御駕籠を守れ」

牧野成貞が、吾に返って叫んだ。

「殿へ近づけるな」

　ようやく供侍たちが太刀を抜いた。

　甲府と館林の家臣たちは、そのほとんどが旗本御家人《ごけにん》から選ばれてつけられた者でなりたっている。両家が独立した藩になった今でも、身分は直臣格《じきしんかく》を保証されていた。だが、一度籍を移した以上、旗本へ戻ることはまずできなかった。まして、主君である綱吉に何かあれば、よくて放逐、悪ければ切腹であった。

「やああ」

「あああああ」

　しかし、不意打ちを喰らった供侍の動揺は激しく、あちこちで斬られて伏す者が続出した。

「いかぬ」

　不利な状況に牧野成貞が焦《あせ》った。

「陸尺《ろくしゃく》」

「はっ」

　呼ばれた駕籠かきが返答した。

「お屋敷まで走れ」

「承知いたしましてござる。おい。命がけで行くぞ。斬られても止まるな。御上《おかみ》の陸尺の覚悟を見せろ」

陸尺頭が、配下たちに命じた。

「おう」

気合いを陸尺たちが、入れた。綱吉付きとなる前は、皆御上陸尺であった者ばかりである。覚悟が違った。

御上陸尺は将軍家の駕籠をかく役職である。身分は中間小者よりわずかに上なだけだが、誇りは高く、白刃《はくじん》をおそれはしなかった。

「走れ」

牧野成貞の合図で、駕籠が走り出した。

「殿、狼藉者《ろうぜきもの》でございまする。お顔を出されませぬよう」

駕籠脇をともに駆けながら、牧野成貞が言った。

「逃がすな」

勤番侍たちが、駕籠の移動に気づいた。

「させるな」

綱吉の駕籠を目にして、供侍たちの動揺が収まった。

「行かせるものか」

供侍が駕籠へ向かおうとする勤番侍の前に立ちはだかった。

「じゃまだ」

勤番侍が脅したが、退くはずもない。

「こやつめ」

続いて挟箱持ちが、勤番侍の臑《すね》にかじりついた。

「どけ、どけ」

陸尺頭が、駕籠の進路を確保するため、大声で叫んだ。

「開門、開門。殿、危急のご帰館である。ただちに開門いたせ」

負けじと牧野成貞も怒鳴った。

「門を開けよ」

神田館の大門が開かれ、何事かと藩士たちが出てきた。

「慮外者《りょがいもの》ぞ。一同出会え」

息を乱しながら、牧野成貞が告げた。

「御駕籠をなかへ」

駕籠を先導する者、迎撃に出る者の二手に館林の家臣が分かれた。

「くっ。仕方ない。退くぞ。怪我人《けがにん》には手を貸してやれ。動けぬ者へは止《とど》めを」

勤番侍が撤収にかかった。

「逃がすな。捕まえて誰の差し金か探らねばならぬ」

館林藩士の一人が叫んだ。

「おう」

狩られる者から狩る者へと変わった館林藩士たちが、気勢をあげた。

「各自で逃げ延びよ」

勤番侍たちが、蜘蛛《くも》の子を散らすように散った。

「くそっ」

館林藩士たちは、一瞬誰を追えばいいか戸惑った。

「追うな」

なかに入らず、大門前で止まった牧野成貞が命じた。

「なぜでございまする。殿が襲われたのでございますぞ」

藩士が詰め寄った。

「たわけ。そのことを公表する気か」

牧野成貞が叱った。

「わからぬのか。江戸城の目の前で、殿が襲われたなどと御上に知れてみよ。大目付の調べが入るであろう。殿にそのような恥をかかせるつもりか」

「ですが、このままでは」

　まだ藩士が渋った。

「探索などあとでいくらでもできる。今は、怪我人たちを引き取り、当家の名前を出さぬようにすることこそ肝心」

　そこまで言って牧野成貞が声を潜《ひそ》めた。

「よいか。このことがあきらかになれば……殿の五代将軍継承に支障が出るぞ。殿のことを江戸で襲う者が居たとなれば、甲府家に大きく差を付けられるどころか、こちらから辞退せねばならぬこととなる。綱吉さまが将軍となるのを嫌う者がおるということなのだ」

「それは……」

　聞かされた藩士が絶句した。

「直臣旗本への復帰を願うなら、殿を上様とするしかないのだ。今はまだいい。上様の弟君として、格別の扱いを受けられておるからな。我らも旗本として遇されておる。しかし、代を重ねればどうなる。将軍家との縁は薄れ、今の尾張、紀州などと同じような立場に落ちるのだぞ」

尾張義直、紀州頼宣、水戸頼房、家康三人の息子たちが、藩を立てるとき、譜代大名や旗本たちが、家臣として付けられた。

「代々、譜代の家臣として遇する」

家康からそう保証された御三家の家臣たちだったが、今では陪臣《ばいしん》扱いであった。なによりひどいのが、息子たちの傅育《ふいく》として付けられた譜代大名たちであった。付け家《が》老《ろう》と呼ばれ、それぞれの藩で、格別な待遇を受けてはいるが、江戸城での席は与えられていない。

「ああなりたくなかろう。そのためには、なんとしてでも綱吉さまを将軍にいたさねばならぬのだ」

「はっ」

藩士が納得した。

「どのような傷も、綱吉さまにあってはならぬ。一同、心せい」

言い残して牧野成貞は奥へと向かった。

「大事ないか、怪我などしてはおらぬか。ええい、警固の者どもはなにをいたしておったのじゃ」

半狂乱となった桂昌院が、綱吉の身体をなでまわしていた。

「桂昌院さま。殿にお怪我はございませぬ。どうぞ、お平らに」

牧野成貞が、宥《なだ》めた。

「黙れ、そなたがついておりながら、このていたらくはなんじゃ。おって沙汰《さた》するまで、謹慎いたしておれ」

桂昌院の怒りは激しかった。

「謹慎などいくらでもいたしまする。今は、それ以上のことがございまする」

「なんじゃというか」

厳しい口調で言い返した牧野成貞に、桂昌院が引いた。

「どうぞ、こちらへ」

牧野成貞が、桂昌院を隣の座敷へと誘《いざな》った。

「綱吉さまにお聞かせしたくないというわけじゃな」

少し落ち着いた桂昌院が確認した。

「はい。本日の上様のお呼び出しについてでございまする」

首肯した牧野成貞が語った。

「それは……」

聞いた桂昌院の顔色《がんしょく》がなくなった。

「はい。綱重さまの下にわざと綱吉さまを置かれたことといい、徳川に近き者との言い様。まちがいなく、上様は綱重さまをお世継ぎとなさるおつもりでございましょう」

「認めぬ。認めぬ。綱吉さまこそ、将の器。十五歳にいたる前から女にうつつを抜かすような綱重とは違う。なぜ、綱吉さまではないのだ」

「上様のお心をはかる術《すべ》はございませぬ。なにより、そのような場合でもないと推量いたしまする。それより、今は、どうやって綱吉さまを五代さまとなすかでございましょう。それもあり、家臣どもへ騒がぬよう口止めをいたしましてございまする」

「綱吉さまを襲った輩《やから》は許し難いが、よくぞしてくれた」

桂昌院がほめた。

「畏れ多いことでございまする」

牧野成貞が頭を下げた。

「だが、誰が綱吉さまを」

まだ桂昌院は憤慨していた。吾が子を殺されかけた母親の精神の波は荒れたままであった。

「綱重さまではございますまい」

「であろうな。なにもせずとも世継ぎになれたのだ。うかつなことをして、資格を剝《はく》奪《だつ》されては元も子もない」

桂昌院も同意した。

「逆に利用できるやも知れませぬ」

「綱重を下手人《げしゅにん》に仕立てるのか」

「ご明察でございまする」

軽く牧野成貞が頭をさげた。

「少しの傷でも綱吉さまにあってはならぬ。そして、綱吉さまの邪魔をする者は、この世に要らぬ」

完全に普段の落ち着きを桂昌院は取り戻した。

「仰せのとおりでございまする」

「何を望むか」

じっと桂昌院が牧野成貞を見つめた。

「譜代への復帰、大名への昇格、そして執政衆へのおとり立て」

「贅沢《ぜいたく》じゃの」

要望に桂昌院が笑った。

「なにをするべきか、わかっておろうな」

「甲府公の排除」

問われた牧野成貞が答えた。


怪我人たちを支え、死んだ者を戸板にのせた館林藩士たちが屋敷へ入るのを、少し離れたところから山本兵庫が見ていた。

「なかったことにする気のようだな。なかなかやる」

兵庫が独《ひと》りごちた。

「綱吉を仕留められれば儲《もう》けもの。少なくとも騒いで家名を落としてくれると思ったが、館林にも先の見える者がおる」

ゆっくりと兵庫が、歩き出した。

「旗本への復帰は、甲府藩士にとっても館林藩士にとっても、大きな餌《えさ》よ。館林、尾張、紀州がいなくなれば、将軍を継ぐことのできるものは、綱重さまだけとなる。となれば、上様がどうお考えになろうとも、五代の座は綱重さまのものとなり、大奥に順性院さまが君臨される。そして、吾は大奥を取り仕切るお広敷《ひろしき》番頭となり、藩士たちは直参《じきさん》へ戻れる。どうなるかわからぬ上様のお言葉を信じて待つより、自ら先を切り開くことが、肝心よな」

騒動の痕跡《こんせき》は、流された血だけになっていた。

「お城の本当の主は、表と大奥、どちらなのだろうな」

兵庫が振り返って江戸城を見あげた。

この作品は徳間文庫のために書下されました。

徳間文庫

お髭番承り候㈡

奸闘《かんとう》の緒《ちょ》

2011年4月15日 初刷
2019年11月20日 5刷

著者 上《うえ》田《だ》秀《ひで》人《と》

発行者 平野健一
発行所 東京都品川区上大崎三－一－一
目黒セントラルスクエア 〒141－8202
株式会社徳間書店
電話 編集〇三(五四〇三)四三四九
販売〇四九(二九三)五五二一
振替 〇〇一四〇－〇－四四三九二
印刷 本郷印刷株式会社
製本 ナショナル製本協同組合

ISBN978-4-19-893339-5 (乱丁、落丁本はお取りかえいたします)